爱阅读

5 大要点延伸，精彩再现
极具阅读价值的"经典选本"

阅读领航
——快速洞悉全书结构，教你巧抓重点

阅读准备
——丰富全面的文学常识，助你加深理解

阅读指导
——名师全程陪伴，轻松享受快乐阅读

阅读链接
——分享心得感悟，更多精彩收入囊中

阅读训练
——考查阅读效果，真正实现读写贯通

阅读经典　获益一生

语文 **爱阅读**

无障碍·导读本

CHAGUAN

茶 馆

老 舍/著

书香文雅/批注

中国教育出版传媒集团

高等教育出版社·北京

图书在版编目（CIP）数据

茶馆 / 老舍著. -- 北京：高等教育出版社，
2022.8

ISBN 978-7-04-057705-1

Ⅰ.①茶… Ⅱ.①老… Ⅲ.①话剧–剧本–中国–现
代 Ⅳ.①I234

中国版本图书馆 CIP 数据核字（2022）第 011810 号

策划编辑　王　羽	责任编辑　孙　杰	封面设计　书香文雅	
责任校对　刘娟娟	责任印制　刁　毅		

出版发行	高等教育出版社	网　　址	http://www.hep.edu.cn
社　　址	北京市西城区德外大街 4 号		http://www.hep.com.cn
邮政编码	100120	网上订购	http://www.hepmall.com.cn
印　　刷	肥城新华印刷有限公司		http://www.hepmall.com
开　　本	787mm×1092mm　1/16		http://www.hepmall.cn
印　　张	7.5		
字　　数	114 千字	版　　次	2022 年 8 月第 1 版
购书热线	010-58581118	印　　次	2022 年 8 月第 1 次印刷
咨询电话	400-810-0598	定　　价	17.80 元

总　序

　　前不久，高等教育出版社"爱阅读"系列丛书总策划与我联系，说他们策划了一套"爱阅读"文库，读者对象主要是中小学生。这套丛书可以作为他们的课外阅读用书，希望我写篇序。作为一名语文教育工作者，在最近"双减"政策的大背景下，我为学生介绍这套优秀课外读物责无旁贷，也觉得更有意义。

一、"双减"以后怎么办？

　　前不久，中共中央办公厅、国务院办公厅印发了《关于进一步减轻义务教育阶段学生作业负担和校外培训负担的意见》，对减轻义务教育阶段学生作业负担和校外培训负担做出严格规定。我认为这是一件好事。曾几何时，我们的中小学生作业负担重，不少孩子不是在各种各样的培训班里，就是在去培训班的路上。孩子们"学"无宁日，备尝艰辛；家长们焦虑不安，苦不堪言。校外培训机构为了增强吸引力，到处挖墙脚；有些老师受利益驱使，不能安心从教，导致社会怨声载道。他们的行为破坏了教育生态，违背了教育规律，严重影响了我国教育改革发展。教育是什么？教育是唤醒，是点燃，是激发。而校外培训的噱头仅仅是提高考试成绩，让孩子在中高考中占得先机。他们的广告词是"提高一分，干掉千人"，大肆渲染"分数为王"。在这种理念冲击下，孩子们面对的是"分萧萧兮题海寒"，不得不深陷题海，机械刷题。假如只有一部分孩子上培训班，提高的可能是分数。但是，如果大多数孩子或者所有孩子都去上培训班，那提高的就不是分数，只能是分数线。教育的根本任务是立德树人，是培根铸魂，是启智增慧，是培养德智体美劳全面发展的社会主义建设者和接班人，是为中华民族伟大复兴提供人才，而不是培养只会考试的"机器"，更不能被资本所绑架。所以中央才"出重拳""放实招"，减轻学生过重的课业负担，减轻家长过重的经济和精神负担。

　　"双减"政策出台后，学生们一片欢呼，好像是奴隶翻身得解放，再也不用在各种培训班之间奔波了，但对学校老师来说，这是一个新挑战，当然也是新机遇。学生在校时间增加，这部分增加的时间怎么安排？如何让学生利用好课外时间？这都考验着老师们的智慧。而开展丰富的课外活动正好可以解决这个难题。比如，热爱人文的，可以参加阅读写作、演讲辩论、传统文化、民风民俗等方面的社团活动；喜爱数理的，可以参加科普科幻、研究实验、统计测量、天文观测等方面的兴趣小组；学校也可以组织开展体育比赛、艺术体验（音乐、美术、书法、戏剧）和劳动教育等实践活动。当然这些活动应以培养学生的兴趣爱好为目的，以自愿参加为前提，既不能成为给学生"加码"的课时，也不是教师实施"题海战术"的手段。学校可以通过多方拓展资源开展课后服务，比如利用博物馆、图书馆、科技馆、陈列馆、少年宫、青少年活动中心，甚至校外培训机构的优质服务资源；还可组织志愿服务、社会调查等，促进学生全面发展。

二、课外阅读新机遇

近年来，新课标、新教材、新高考成为语文教育改革的热词。前不久，我在"朋友圈"看到一个视频，视频中说语文在中高考中的地位提高了，难度也加大了。这种说法有一定道理，但并不准确。说它有一定道理，是因为语文能力主要指一个人的阅读和写作能力，而阅读和写作又是一个人综合素养的体现。语文能力强，有利于学习别的学科。比如数学、物理中的应用题，如果阅读能力上不去，读不懂题干，便不能准确把握解题要领，也就没法准确答题。英语中的英译汉、汉译英题更是侧重考查学生的语言表达能力。历史题和政治题往往是通过阅读大段材料，让学生去分析、判断，从而得出自己的结论，并表述自己的观点或看法。从这个意义上说，语文在中高考中的地位提高是有一定道理的。说它不准确，有两个方面的原因：一是语文学科本来就重要，不是现在才变得重要的。之所以产生这种错觉，是因为过去在应试教育的背景下，语文的重要性被弱化了；二是语文考试的难度并没有增加，增加的只是阅读思维的宽度和广度，考试注重考查阅读理解、信息筛选、应用写作、语言表达、批判性思维、辩证思维等关键能力。可以说，实施真正的素质教育必须重视语文。因为语文是工具，是基础。不少家长和教师认为课外阅读浪费学习时间，这主要是教育观念问题。他们之所以有这种想法，无非是认为考试才是最终目的，希望孩子可以把更多时间用在刷题上。其实，他们只看到课标和教材的变化，以为考试还是过去那一套，没有看到考试评价已发生深刻变革。中共中央、国务院印发的《深化新时代教育评价改革总体方案》明确指出："稳步推进中高考改革，构建引导学生德智体美劳全面发展的考试内容体系，改变相对固化的试题形式，增强试题开放性，减少死记硬背和'机械刷题'现象。"显然就是要通过改革教育评价引领素质教育。新高考招生录取强调"两依据，一参考"，即以高考成绩和高中学业水平考试成绩为依据，以综合素质评价为参考。这也就是说，高考成绩不再是高校选拔新生的唯一标准，高校不只看谁考的分数高，而是看谁更有发展潜力，更有创造性，综合素质更高，从而实现由"招分"向"招人"的转变。这绝不是仅凭一张高考试卷能够区分出来的，"机械刷题"无助于全面发展，学生必须在课内学习的基础上，辅之以内容广泛的课外阅读，才能全面提高综合素养。

三、"爱阅读"助力成长

这套书是为中小学生读者量身打造的，符合《语文课程标准》倡导的"好读书、读好书、读整本的书"的课改理念，可以作为学生课内学习的有益补充。我一向认为，要学好语文，一要读好三本书，二要写好两篇文，三要养成四个好习惯。三本书指"有字之书""无字之书"和"心灵之书"，两篇文指规矩文和放胆文，四个好习惯指享受阅读的习惯、善于思考的习惯、乐于表达的习惯和自主学习的习惯。

对于中小学生来说，首先是读好"有字之书"。"有字之书"，有课本，有课外自读课本，还有"爱阅读"这样的课外读物。所以我们不能眉毛胡子一把抓，要区分不同的书，采取不同的读法。一般说来，有精读，有略读。精读需要字斟句酌，需要咬文嚼字，但费时费力。当然也不是所有的书都需要精读，可以根据自己的需要决定精读还是略读。新课标提倡中小学生进行整本书阅读，但是学生往往不能耐住性子读完一整本书。新课标提倡的整本书阅读，主要是针对过去的单篇教学来说的，并不是说每本书都要从头读到尾。教材设计的练习项目也是有弹性的、可选择的，不可能有统一的"阅读计划"。我的建议是，整本书阅读应把精读、略读与浏览结合起来，精读重在示范，略读重在博览，浏览略观大意即可，三者相辅相成，不宜偏于一隅。不仅如此，学生还可以把阅读与写作、读书与实践、课内与课外结合起来。整本书阅读重在掌握阅读方法，拓展阅读视野，培养读书兴趣，养成阅读习惯。

再说写好两篇文。学生读得多了，素养提高了，自然有话想说，有自己的观点和看法要发表。发表的形式可以是口头的，也可以是书面的，书面表达就是写作。写好两篇文，一篇规矩文，一篇放胆文。规矩文重打基础，放胆文更见才气。规矩文要求练好写作基本功，包括审题、立意、选材、结构等方法，掌握记叙文、议论文、说明文、应用文的基本要领和写作规矩。规矩文的写作要在教师的指导下进行。放胆文的写作可鼓励学生放飞自我、大胆想象，各呈创意、各展所长，着力训练应用写作能力、语言表达能力、批判性思维能力和辩证思维能力。放胆文可以多种多样，除了大作文外，也可以写小作文。有兴趣的，还可以进行文学创作，写诗歌、小说、散文、剧本等。

学习语文还要养成四个好习惯。第一，享受阅读的习惯。爱阅读比读什么更重要。每个同学都应该有自己的个性化书单，有的同学喜欢网络小说也没有关系，但需要防止沉迷其中，钻进"死胡同"。这套书就给中小学生课外阅读提供了大量古今中外的名家名作。第二，善于思考的习惯。在这个大众创业、万众创新的时代，创新人才的标准，已不再是把已有的知识烂熟于心，而是能够独立思考，敢于质疑，能够自己去发现问题、提出问题和解决问题，需要具有探究质疑能力、独立思考能力、批判性思维和辩证思维能力。第三，乐于表达的习惯。表达的乐趣在于说或写的过程，这个过程比说得好、写得完美的结果更重要。表达形式可以不拘一格，比如作文、日记、笔记、随语、漫画等。第四，自主学习的习惯。我的地盘我做主，我的语文我做主。不是为老师学，也不是为父母长辈学，而是为自己在精神上的成长学，为自己的未来学。

愿广大中小学生能借助这套书，真正爱上阅读，插上想象的翅膀，飞向未来的广阔天地！

2021 年 10 月 15 日

于京东大运河畔之两不厌居

阅读领航

接受文学名著的滋养，读写贯通，读为写用，读写双升

"作者介绍"，走近作家，一睹作家风采；"创作背景"，了解作品创作的时代背景；"作品速览"，把握故事全貌、主题意蕴；"文学特色"，发掘作品深刻的文学价值，增进读者对作品的理解，提高阅读效率。

阅读准备

"名师导读"，指引读者快速知晓文章内容，提高阅读兴趣；"名师点评"，名师妙语，见解独特，视角新颖；"名师注解"，帮助读者更好地理解原文；"精华赏析"，评点文章要旨，发人深省；"延伸思考"，开拓思维，启迪智慧；"知识拓展"，在轻松阅读中开阔视野。

阅读指导

"名家心得"，听听名家怎么说；"读者感悟"，看看别人怎么想，交流阅读体会；"延伸阅读"，帮助读者丰富文学知识，增强艺术感受力。

阅读链接

"真题演练"，考查阅读能力，巩固阅读成果；"写作出击"，和读者一起回顾精彩名篇，书写内心真实感受，丰富读者的写作知识。

阅读训练

第三幕【节选】

名师导读

时间来到了抗日战争胜利后的国民党统治时期，此景的裕泰茶馆更显衰败可危，日本人虽已被赶走，但是当时的国民党政府腐败无耻，广大百姓的生存都已成问题。王掌柜也是一样，不仅生存不下去，还被抢占了赖以谋生的茶馆。最终，王掌柜在绝望中自缢。这是那个时代造成的悲剧，也是时当时国民党政府统治即将覆灭的暗示。

人 物	王大拴 明师傅 于厚斋 周秀花 邹福远 小宋恩子
	王小花 卫福喜 小吴祥子 康顺子 方 六 常四爷
	丁 宝 车当当 秦仲义 王利发 庞四奶奶 小心眼
	茶客甲、乙 春 梅 沈处长 小刘麻嘴 老 杨
	宪兵四人 取电灯费的 小二德子 小唐铁嘴 谢勇仁
时 间	抗日战争胜利后，国民党特务和美国兵在北京横行的时候。
	秋，清晨。
地 点	同前幕。

交代了第三幕剧发生的社会背景。

[幕启：现在，裕泰茶馆的样子可不像前幕那么体面了。藤椅已不见，代以小凳与条凳。自房屋至家具都显减淡无光。但若有什么突出显眼的东西，那就是"莫谈国事"的纸条更多，字也更大了。在这些条子旁边还贴着"茶钱先付"的新纸条。

许多年过去了，裕泰茶馆越发地破败落寞了。

57

刘麻子　怎么啦？
康 六　又饿又气，昏过去了！顺子！顺子！
庞太监　我要活的，可不要死的！

[静场。

茶客甲　（正与茶客乙下象棋）将！你完啦！

[幕落]

看似一场无关紧要的棋局，却用来作为第一幕的结尾，带有很强烈的象征意义。"你完了"蕴含着作者对那个时代的评判，清晰而显豁。

精华赏析

王利发、秦仲义、松二爷等剧中人物相继登场，有的贯串整个第一幕，有的只是说了一两句台词，但是每个人的性格特征都格外鲜明，身份各异的人物通过台词展现了不同的立场，令人印象深刻。

延伸思考

1. 请简述王利发的人物性格特征。
2. 请你找出表现康六状貌的形容词。

31

名师导读

指引读者快速知晓文章
内容，提高阅读兴趣。

名师点评

名师妙语，见解独特，
视角新颖。

精华赏析

评点文章要旨，
发人深省。

延伸思考

开拓思维，
启迪智慧。

目录

爱阅读

茶 馆

不容错过的经典

作者介绍

老舍（1899—1966），原名舒庆春，字舍予，祖籍北京，满族，现代著名作家、杰出的语言大师、人民艺术家。早期在他发表小说《老张的哲学》时开始使用"老舍"这一笔名。老舍于五四运动时期开始新文学创作，1924年旅居英国，任伦敦大学东方学院汉语讲师，1926年加入文学研究会，1930年回国，先后在齐鲁大学、山东大学任教。全民族抗战开始后，老舍任中华全国文艺界抗敌协会理事兼总务部主

老舍

任，从事抗战文学运动。1946年赴美讲学，1949年底回国。1951年北京市人民政府授予他"人民艺术家"称号。

创作背景

　　《茶馆》发表于 1957 年，借北京城里一个名为"裕泰"的茶馆在三个标志性时期（清末戊戌维新失败后；民国初年军阀混战时期；1945 年抗日战争结束、解放战争爆发前夕）的变化，来展现中国在 19 世纪末之后半个世纪的宏大历史变迁。这种具有相当大的时间跨度的"历史概括"，是当代作家非常喜欢运用的一种写作手法。

作品速览

　　1898 年，北京城里的裕泰茶馆里一派"繁荣"景象：提笼架鸟、算命卜卦、卖古玩玉器、玩蝈蝈蟋蟀、谈古论今者无所不有。年轻精明的掌柜王利发为使茶馆生意红火，各方照顾，左右逢源。然而，隐藏在这个"繁荣"的景象背后的却是清王朝行将就木的腐朽统治。

　　民国初年，连年不断的内战使百姓深受其害，北京城的大茶馆都关了门，唯有王掌柜善于经营，把茶馆后院辟成大学生公寓，正厅里摆上了留声机。尽管如此，社会上的动荡仍波及茶馆：逃难的百姓堵在门口，大兵抢夺掌柜的钱，等等。

又过了三十年，已是风烛残年的王掌柜，仍在拼命支撑着茶馆。虽然日本帝国主义已经投降了，国民党统治集团又发动了内战。爱国人士惨遭镇压，流氓特务要霸占王掌柜苦心经营了一辈子的茶馆，王利发终于绝望了。这时，曾被清廷逮捕过的正人君子常四爷和办了半辈子实业结果彻底垮了台的秦二爷恰巧来了，三位老人撒着捡来的纸钱，凄惨地叫着、笑着……最后王利发在茶馆自缢。

文学特色

老舍选择从"侧面"，从"小人物"的生活变迁入手，并把对他们的表现范围限制在茶馆这个"小社会"中。采用当代话剧常见的结构方式，没有运用中心情节和贯串全剧的冲突，而采用被称为"图卷戏"或"三组风俗画"①的创新形式。众多的人物被放置在显现不同时代风貌的场景中，这些人物涉及乡村市井的"三教九流"：茶馆的掌柜、伙计，说媒拉纤的社会渣滓，受宠的太监，走实业救国道路的资本家，说书艺人，老式新式的特务、打手，相面先生，逃兵，善良的劳动者……其中，王利发、常四爷和秦仲义贯串全剧。他们的性格、生活道路各不相同，掌柜王利发"见谁都请安、鞠躬、作揖"；"旗人"常四爷耿直，"一辈子不服软"；秦仲义办工厂，开银号，雄心勃勃。但他们最终都没有逃脱凄惨的命运，剧中人物的悲凉情绪和他们关于自身命运的困惑与绝望，表现了渺小个体在历史变革中的挣扎与无奈。

名师注解

① 出自《座谈老舍的〈茶馆〉》中李健吾的发言。（《文艺报》1958 年第 1 期）

茶 馆

人 物

王利发——男。最初与我们见面，他才二十多岁。因父亲早死，他很年轻就
　　　　作了裕泰茶馆的掌柜。精明、有些自私，而心眼不坏。

唐铁嘴——男。三十来岁。相面为生，吸鸦片。

松二爷——男。三十来岁。胆小而爱说话。

常四爷——男。三十来岁。松二爷的好友，都是裕泰的主顾。正直，体格好。

李　三——男。三十多岁。裕泰的跑堂的。勤恳，心眼好。

二德子——男。二十多岁。善扑营当差。

马五爷——男。三十多岁。吃洋教的小恶霸。

刘麻子——男。三十来岁。说媒拉纤，心狠意毒。

康　六——男。四十岁。京郊贫农。

黄胖子——男。四十多岁。流氓头子。

秦仲义——男。王掌柜的房东。在第一幕里二十多岁。阔少，后来成了维新
　　　　的资本家。

老　人——男。八十二岁。无倚无靠。

乡　妇——女。三十多岁。穷得出卖小女儿。

小　妞——女。十岁。乡妇的女儿。

庞太监——男。四十岁。发财之后，想娶老婆。

小牛儿——男。十多岁。庞太监的书童。

宋恩子——男。二十多岁。老式特务。

吴祥子——男。二十多岁。宋恩子的同事。

康顺子——女。在第一幕中十五岁。康六的女儿。被卖给庞太监为妻。

王淑芬——女。四十来岁。王利发掌柜的妻。比丈夫更公平正直些。

巡　警——男。二十多岁。

报　童——男。十六岁。

康大力——男。十二岁。庞太监买来的义子，后与康顺子相依为命。

老　林——男。三十多岁。逃兵。

老　陈——男。三十岁。逃兵。老林的把弟。

崔久峰——男。四十多岁。作过国会议员，后来修道，住在裕泰附设的公
　　　　　寓里。

军　官——男。三十岁。

王大拴——男。四十岁左右，王掌柜的长子。为人正直。

周秀花——女。四十岁。大拴的妻。

王小花——女。十三岁。大拴的女儿。

丁　宝——女。十七岁。女招待。有胆有识。

小刘麻子——男。三十多岁。刘麻子之子，继承父业而发展之。

取电灯费的——男。四十多岁。

小唐铁嘴——男。三十多岁。唐铁嘴之子，继承父业，有作天师的愿望。

明师傅——男。五十多岁。包办酒席的厨师傅。

邹福远——男。四十多岁。说评书的名手。

卫福喜——男。三十多岁。邹的师弟，先说评书，后改唱京戏。

方　六——男。四十多岁。打小鼓的，奸诈。

车当当——男。三十岁左右。买卖现洋为生。

庞四奶奶——女。四十岁。丑恶，要作皇后。庞太监的四侄媳妇。

春　梅——女。十九岁。庞四奶奶的丫环。

老　杨——男。三十多岁。卖杂货的。

小二德子——男。三十岁。二德子之子，打手。

于厚斋——男。四十多岁。小学教员，王小花的老师。

谢勇仁——男。三十多岁。与于厚斋同事。

小宋恩子——男。三十来岁。宋恩子之子，承袭父业，作特务。

小吴祥子——男。三十来岁。吴祥子之子，世袭特务。

小心眼——女。十九岁。女招待。

沈处长——男。四十岁。宪兵司令部某处处长。

茶客若干人，都是男的。

茶房一两个，都是男的。

难民数人，有男有女，有老有少。

大兵三、五人，都是男的。

公寓住客数人，都是男的。

押大令的兵七人，都是男的。

宪兵四人。男。

傻　杨——男。数来宝的。

第一幕【精读】

名师导读

外国侵略者的洋枪大炮打破了清朝统治者"天朝上国"的迷梦，为了应对落后挨打的被动局面，一些有识之士站出来宣传强国变法的新主张，探寻救国救民、振兴中华的道路。在这风起云涌的社会大变局之中，伴随着喧嚣声，茶馆迎来了新的一天……

人 物 王利发 刘麻子 庞太监 唐铁嘴 康 六
　　　　小牛儿 松二爷 黄胖子 宋恩子 常四爷
　　　　秦仲义 吴祥子 李 三 老 人 康顺子
　　　　二德子 乡 妇 茶客甲、乙、丙、丁
　　　　马五爷 小妞 茶房一、二人。

时 间 一八九八年（戊戌）初秋，康梁等的维新运动①失败了。早半天。

地 点 北京，裕泰大茶馆。

名师
点评

茶馆如同一个小社会，这里鱼龙混杂，却也充满了市井乐趣。

［幕启：这种大茶馆现在已经不见了。在几十年前，每城都起码有一处。这里卖茶，也卖简单的点心与菜饭。玩鸟的人们，每天在蹓够了画眉、黄鸟等之后，要到这里歇歇腿，喝喝茶，并使鸟儿表演歌唱。商议事情的，说媒拉纤

名师注解

① 康梁等的维新运动：指以康有为、梁启超为代表的维新派人士通过光绪帝进行的倡导学习西方，发展农、工、商业等的资产阶级改良运动。

的，也到这里来。那年月，时常有打群架的，但是总会有朋友出头给双方调解；三五十口子打手，经调人东说西说，便都喝碗茶，吃碗烂肉面（大茶馆特殊的食品，价钱便宜，作起来快当），就可以化干戈为玉帛了。总之，这是当日非常重要的地方，有事无事都可以来坐半天。

[在这里，可以听到最荒唐的新闻，如某处的大蜘蛛怎么成了精，受到雷击。奇怪的意见也在这里可以听到，像把海边上都修上大墙，就足以挡住洋兵上岸。这里还可以听到某京戏演员新近创造了什么腔儿，和煎熬鸦片烟的最好的方法。这里也可以看到某人新得到的奇珍——一个出土的玉扇坠儿，或三彩的鼻烟壶。这真是个重要的地方，简直可以算作文化交流的所在。

[我们现在就要看见这样的一座茶馆。

[一进门是柜台与炉灶——为省点事，我们的舞台上可以不要炉灶；后面有些锅勺的响声也就够了。屋子非常高大，摆着长桌与方桌，长凳与小凳，都是茶座儿。隔窗可见后院，高搭着凉棚，棚下也有茶座儿。屋里和凉棚下都有挂鸟笼的地方。各处都贴着"莫谈国事"的纸条。

[有两位茶客，不知姓名，正眯着眼，摇着头，拍板低唱。有两三位茶客，也不知姓名，正入神地欣赏瓦罐里的蟋蟀。两位穿灰色大衫的——宋恩子与吴祥子，正低声地谈话，看样子他们是北衙门①的办案的（侦缉）。

[今天又有一起打群架的，据说是为了争一只家鸽，惹起非用武力解决不可的纠纷。假若真打起来，非出人命不可，因为被约的打手中包括着善扑营的哥儿们和库兵，身手都十分厉害。好在，不能真打起来，因为在双方还没把打手

名师点评

不管是真是假，各种光怪陆离的趣事在这里传播。茶馆浓郁的民间文化气息散发着独特而又充满诱惑的味道。

名师注解

① 衙门：旧时称官署为衙门，是官吏办公的地方。

名师点评

动中有静的场景描写，在剑拔弩张的气氛中，一个默默喝着茶的人格外引人注目。

约齐，已有人出面调停了——现在双方在这里会面。三三两两的打手，都横眉立目，短打扮，随时进来，往后院去。

[马五爷在不惹人注意的角落，独自坐着喝茶。

[王利发高高地坐在柜台里。

[唐铁嘴耷拉着鞋，身穿一件极长极脏的大布衫，耳上夹着几张小纸片，进来。

名师点评

简单的一句话，将王利发鄙视嫌弃唐铁嘴的态度生动地表现出来。

王利发　唐先生，你外边蹓蹓吧！

唐铁嘴　（惨笑）王掌柜，捧捧唐铁嘴吧！送给我碗茶喝，我就先给您相相面吧！手相奉送，不取分文！（不容分说，拉过王利发的手来）今年是光绪二十四年，戊戌。您贵庚是……

王利发　（夺回手去）算了吧，我送给你一碗茶喝，你就甭卖那套生意口啦！用不着相面，咱们既在江湖内，都是苦命人！（由柜台内走出，让唐铁嘴坐下）坐下！我告诉你，你要是不戒了大烟，就永远交不了好运！这是我的相法，比你的更灵验！

名师点评

松二爷和常四爷一文一武的做派形成了鲜明的反差，人物的形象特征也跃然纸上。

[松二爷和常四爷都提着鸟笼进来，王利发向他们打招呼。他们先把鸟笼子挂好，找地方坐下。松二爷文绉绉的，提着小黄鸟笼；常四爷雄赳赳的，提着大而高的画眉笼。茶房李三赶紧过来，沏上盖碗茶。他们自带茶叶。茶沏好，松二爷、常四爷向邻近的茶座让了让。

松二爷
常四爷　您喝这个！（然后，往后院看了看）

松二爷　好像又有事儿？

常四爷　反正打不起来！要真打的话，早到城外头去啦；到茶馆来干吗？

［二德子，一位打手，恰好进来，听见了常四爷的话。

二德子 （凑过去）你这是对谁甩闲话呢?

常四爷 （不肯示弱）你问我哪? 花钱喝茶，难道还教谁管着吗?

松二爷 （打量了二德子一番）我说这位爷，您是营里当差①的吧? 来，坐下喝一碗，我们也都是外场人。

二德子 你管我当差不当差呢!

常四爷 要抖威风，跟洋人干去，洋人厉害! 英法联军烧了圆明园，尊家吃着官饷，可没见您去冲锋打仗!

二德子 甭说打洋人不打，我先管教管教你! （要动手）

［别的茶客依旧进行他们自己的事。王利发急忙跑过来。

王利发 哥儿们，都是街面上的朋友，有话好说。德爷，您后边坐!

［二德子不听王利发的话，一下子把一个盖碗搂下桌去，摔碎。翻手要抓常四爷的脖领。

常四爷 （闪过）你要怎么着?

二德子 怎么着? 我碰不了洋人，还碰不了你吗?

马五爷 （并未立起）二德子，你威风啊!

二德子 （四下扫视，看到马五爷）喝，马五爷，您在这儿哪? 我可眼拙，没看见您! （过去请安）

马五爷 有什么事好好地说，干吗动不动地就讲打?

二德子 嗻! 您说的对! 我到后头坐坐去。李三，这儿的茶钱我候啦! （往后面走去）

常四爷 （凑过来，要对马五爷发牢骚）这位爷，您圣明，您给评

火药味十足的开场白，让茶馆原本轻松的气氛立刻紧张起来。

这段话既表明了常四爷对"二德子"的不满，又反映了当时社会的矛盾。

"威风"是在反讽二德子，却也是在表现马五爷的"威风"。

名师注解

① 当差: 旧时指做小官吏或在官府中供差遣使唤。

评理！

马五爷 （立起来）我还有事，再见！（走出去）

常四爷 （对王利发）邪！这倒是个怪人！

王利发 您不知道这是马五爷呀！怪不得您也得罪了他！

常四爷 我也得罪了他？我今天出门没挑好日子！

王利发 （低声地）刚才您说洋人怎样，他就是吃洋饭的。信洋教，说洋话，有事情可以一直地找宛平县的县太爷去，要不怎么连官面上都不惹他呢！

名师点评

动作上，前一句话低声细语，后一句话大声吆喝。一抑一扬间体现了王利发世故精明的形象特征。

常四爷 （往原处走）哼，我就不佩服吃洋饭的！

王利发 （向宋恩子、吴祥子那边稍一歪头，低声地）说话请留点神！（大声地）李三，再给这儿沏一碗来！（拾起地上的碎磁片）

松二爷 盖碗多少钱？我赔！外场人不作老娘们事！

王利发 不忙，待会儿再算吧！（走开）

　　［纤手刘麻子领着康六进来。刘麻子先向松二爷、常四爷打招呼。

刘麻子 您二位真早班儿！（掏出鼻烟壶，倒烟）您试试这个！刚装来的，地道英国造，又细又纯！

常四爷 唉！连鼻烟也得从外洋来！这得往外流多少银子啊！

名师点评

康六的回答点明了刘麻子所谓的"办点小事"的实情，再联系刘麻子说的"没工夫专伺候你"，表现了刘麻子麻木不仁的性格特征。

刘麻子 咱们大清国有的是金山银山，永远花不完！您坐着，我办点小事！（领康六找了个座儿）

　　［李三拿过一碗茶来。

刘麻子 说说吧，十两银子行不行？你说干脆的！我忙，没工夫专伺候你！

康　六 刘爷！十五岁的大姑娘，就值十两银子吗？

刘麻子　卖到窑子去，也许多拿一两八钱的，可是你又不肯！

康　六　那是我的亲女儿！我能够……

刘麻子　有女儿，你可养活不起，这怪谁呢？

康　六　那不是因为乡下种地的都没法子混了吗？一家大小要是一天能吃上一顿粥，我要还想卖女儿，我就不是人！

刘麻子　那是你们乡下的事，我管不着。我受你之托，教你不吃亏，又教你女儿有个吃饱饭的地方，这还不好吗？

康　六　到底给谁呢？

刘麻子　我一说，你必定从心眼里乐意！一位在宫里当差的！

康　六　宫里当差的谁要个乡下丫头呢？

刘麻子　那不是你女儿的命好吗？

康　六　谁呢？

刘麻子　庞总管！你也听说过庞总管吧？侍候着太后，红的不得了，连家里打醋的瓶子都是玛瑙作的！

康　六　刘大爷，把女儿给太监作老婆，我怎么对得起人呢？

刘麻子　卖女儿，无论怎么卖，也对不起女儿！你糊涂！你看，姑娘一过门，吃的是珍馐美味，穿的是绫罗绸缎，这不是造化吗？怎样，摇头不算点头算，来个干脆的！

康　六　自古以来，哪有……他就给十两银子？

刘麻子　找遍了你们全村儿，找得出十两银子找不出？在乡下，五斤白面就换个孩子，你不是不知道！

康　六　我，唉！我得跟姑娘商量一下！

刘麻子　告诉你，过了这个村可没有这个店，耽误了事别怨我！快去快来！

康　六　唉！我一会儿就回来！

刘麻子　我在这儿等着你！

康　六　（慢慢地走出去）

刘麻子　（凑到松二爷、常四爷这边来）乡下人真难办事，永远没

乡下人窘迫的生活与刘麻子的"洋鼻烟"对比强烈，不同阶层的两个人在买卖康六女儿的事情上展开的争论让人气愤，更令人无奈。

有个痛痛快快！

松二爷 这号生意又不小吧？

刘麻子 也甜不到哪儿去，弄好了，赚个元宝！

常四爷 乡下是怎么了？会弄得这么卖儿卖女的！

世态炎凉，人心不古，在这里体现得淋漓尽致。

刘麻子 谁知道！要不怎么说，就是一条狗也得托生在北京城里嘛！

常四爷 刘爷，您可真有个狠劲儿，给拉拢这路事！

刘麻子 我要不分心，他们还许找不到买主呢！（忙岔话）松二爷（掏出个小时表来），您看这个！

松二爷 （接表）好体面的小表！

刘麻子 您听听，嘎登嘎登地响！

松二爷 （听）这得多少钱？

刘麻子 您爱吗？就让给您！一句话，五两银子！您玩够了，不爱再要了，我还照数退钱！东西真地道，传家的玩艺！

常四爷 我这儿正咂摸这个味儿：咱们一个人身上有多少洋玩艺儿啊！老刘，就看你身上吧：洋鼻烟，洋表，洋缎大衫，洋布裤褂……

看到刘麻子撺掇康六卖女儿及刘麻子对服装的品味，常四爷对其所作所为，虽没有强烈的反感，但是言语间却充满了对他的不认同。

刘麻子 洋东西可是真漂亮呢！我要是穿一身土布，像个乡下脑壳，谁还理我呀！

常四爷 我老觉乎着咱们的大缎子，川绸，更体面！

刘麻子 松二爷，留下这个表吧，这年月，戴着这么好的洋表，会教人另眼看待！是不是这么说，您哪？

松二爷 （真爱表，但又嫌贵）我……

刘麻子 您先戴两天，改日再给钱！

〔黄胖子进来。

黄胖子 （严重的砂眼，看不清楚，进门就请安）哥儿们，都瞧我

18

啦！我请安了！都是自己弟兄，别伤了和气呀！

王利发　这不是他们，他们在后院哪！

黄胖子　我看不大清楚啊！掌柜的，预备烂肉面，有我黄胖子，谁也打不起来！（往里走）

二德子　（出来迎接）两边已经见了面，您快来吧！

[二德子同黄胖子入内。

[茶房们一趟又一趟地往后面送茶水。老人进来，拿着些牙签、胡梳、耳挖勺之类的小东西，低着头慢慢地挨着茶座儿走；没人买他的东西。他要往后院去，被李三截住。

李　三　老大爷，您外边蹓蹓吧！后院里，人家正说和事呢，没人买您的东西！（顺手儿把剩茶递给老人一碗）

松二爷　（低声地）李三！（指后院）他们到底为了什么事，要这么拿刀动杖的？

李　三　（低声地）听说是为一只鸽子。张宅的鸽子飞到了李宅去，李宅不肯交还……唉，咱们还是少说话好，（问老人）老大爷您高寿啦？

老　人　（喝了茶）多谢！八十二了，没人管！这年月呀，人还不如一只鸽子呢！唉！（慢慢走出去）

[秦仲义，穿得很讲究，满面春风，走进来。

王利发　哎哟！秦二爷，您怎么这样闲在，会想起下茶馆来了？也没带个底下人？

秦仲义　来看看，看看你这年轻小伙子会作生意不会！

王利发　唉，一边作一边学吧，指着这个吃饭嘛。谁叫我爸爸死的早，我不干不行啊！好在照顾主儿都是我父亲的老朋友，

名师点评
一个充满喜剧元素的人物登场，"认错人"又开启了另一个场景的序幕。

名师点评
李三虽要赶走老大爷，但他不经意地递给老大爷剩茶也表现出了他对老大爷的同情。

名师点评
通过对话，作者既交待了王利发的遭遇和经营茶馆的来龙去脉，又坦露了王利发"多说好话，多请安，讨人喜欢"的处世之道。

我有不周到的地方，都肯包涵，闭闭眼就过去了。在街面上混饭吃，人缘儿顶要紧。我按着我父亲遗留下的老办法，多说好话，多请安，讨人人的喜欢，就不会出大岔子！您坐下，我给您沏碗小叶茶去！

秦仲义 我不喝！也不坐着！

王利发 坐一坐！有您在我这儿坐坐，我脸上有光！

秦仲义 也好吧！（坐）可是，用不着奉承我！

王利发 李三，沏一碗高的来！二爷，府上都好？您的事情都顺心吧？

秦仲义 不怎么太好！

王利发 您怕什么呢？那么多的买卖，您的小手指头都比我的腰还粗！

唐铁嘴 （凑过来）这位爷好相貌，真是天庭饱满，地阁方圆，虽无宰相之权，而有陶朱之富！

秦仲义 躲开我！去！

王利发 先生，你喝够了茶，该外边活动活动去！（把唐铁嘴轻轻推开）

唐铁嘴 唉！（垂头走出去）

秦仲义 小王，这儿的房租是不是得往上提那么一提呢？当年你爸爸给我的那点租钱，还不够我喝茶用的呢！

王利发 二爷，您说的对，太对了！可是，这点小事用不着您分心，您派管事的来一趟，我跟他商量，该长多少租钱，我一定照办！是！嘻！

秦仲义 你这小子，比你爸爸还滑！哼，等着吧，早晚我把房子收回去！

王利发 您甭吓唬着我玩，我知道您多么照应我，心疼我，决不会叫我挑着大茶壶，到街上卖热茶去！

秦仲义 你等着瞧吧！

[乡妇拉着个十来岁的小妞进来。小妞的头上插着一根草标。李三本想不许她们往前走，可是心中一难过，没管。她们俩慢慢地往里走。茶客们忽然都停止说笑，看着她们。

名师点评

茶馆中再次出现卖女儿的乡下人，当时社会的黑暗和底层大众的贫苦可见一斑。

小　妞　（走到屋子中间，立住）妈，我饿！我饿！

[乡妇呆视着小妞，忽然腿一软，坐在地上，掩面低泣。

秦仲义　（对王利发）轰出去！

王利发　是！出去吧，这里坐不住！

乡　妇　哪位行行好？要这个孩子，二两银子！

常四爷　李三，要两个烂肉面，带她们到门外吃去！

李　三　是啦！（过去对乡妇）起来，门口等着去，我给你们端面来！

乡　妇　（立起，抹泪往外走，好像忘了孩子；走了两步，又转回身来，搂住小妞吻她）宝贝！宝贝！

王利发　快着点吧！

名师点评

常四爷的善良在其他茶客的一片轰撵声中显得格外高尚。

[乡妇、小妞走出去。李三随后端出两碗面去。

王利发　（过来）常四爷，您是积德行好，赏给她们面吃！可是，我告诉您：这路事儿太多了，太多了！谁也管不了！（对秦仲义）二爷，您看我说的对不对？

常四爷　（对松二爷）二爷，我看哪，大清国要完！

秦仲义　（老气横秋地）完不完，并不在乎有人给穷人们一碗面吃没有。小王，说真的，我真想收回这里的房子！

王利发　您别那么办哪，二爷！

秦仲义　我不但收回房子，而且把乡下的地，城里的买卖也都卖了！

王利发　那为什么呢？

秦仲义　把本钱拢在一块儿，开工厂！

王利发　开工厂？

秦仲义　嗯，顶大顶大的工厂！那才救得了穷人，那才能抵制外货，那才能救国！（对王利发说而眼看着常四爷）唉，我跟你说这些干什么，你不懂！

王利发　您就专为别人，把财产都出手，不顾自己了吗？

秦仲义　你不懂！只有那么办，国家才能富强！好啦，我该走啦。我亲眼看见了，你的生意不错，你甭再要无赖，不长房钱！

王利发　您等等，我给您叫车去！

秦仲义　用不着，我愿意蹓跶蹓跶！

[秦仲义往外走，王利发送。

[小牛儿挽着庞太监走进来。小牛儿提着水烟袋。

庞太监　哟！秦二爷！

秦仲义　庞老爷！这两天您心里安顿了吧？

庞太监　那还用说吗？天下太平了：圣旨下来，谭嗣同问斩！告诉您，谁敢改祖宗的章程，谁就掉脑袋！

秦仲义　我早就知道！

[茶客们忽然全静寂起来，几乎是闭住呼吸地听着。

庞太监　您聪明，二爷，要不然您怎么发财呢！

秦仲义　我那点财产，不值一提！

庞太监　太客气了吧？您看，全北京城谁不知道秦二爷！您比作官的还厉害呢！听说呀，好些财主都讲维新！

秦仲义　不能这么说，我那点威风在您的面前可就施展不出来了！

哈哈哈！

庞太监　说得好，咱们就八仙过海，各显其能吧！哈哈哈！

秦仲义　改天过去给您请安，再见！（下）

庞太监　（自言自语）哼，凭这么个小财主也敢跟我逗嘴皮子，年头真是改了！（问王利发）刘麻子在这儿哪？

王利发　总管，您里边歇着吧！

　　〔刘麻子早已看见庞太监，但不敢靠近，怕打搅了庞太监、秦仲义的谈话。

刘麻子　喝，我的老爷子！您吉祥！我等了您好大半天了！（搀庞太监往里面走）

　　〔宋恩子、吴祥子过来请安，庞太监对他们耳语。

　　〔众茶客静默了一阵之后，开始议论纷纷。

茶客甲　谭嗣同是谁？

茶客乙　好像听说过！反正犯了大罪，要不，怎么会问斩呀！

茶客丙　这两三个月了，有些作官的，念书的，乱折腾乱闹，咱们怎能知道他们捣的什么鬼呀！

茶客丁　得！不管怎么说，我的铁杆庄稼又保住了！姓谭的，还有那个康有为，不是说叫旗兵不关钱粮，去自谋生计吗？心眼多毒！

茶客丙　一份钱粮倒叫上头克扣去一大半，咱们也不好过！

茶客丁　那总比没有强啊！好死不如赖活着，叫我去自己谋生，非死不可！

王利发　诸位主顾，咱们还是莫谈国事吧！

名师点评

茶客的这一组对话非常重要。民众的愚昧、麻木和不觉悟，是变法维新失败的原因之一，也是本话剧第一幕所表现的民众基础。

[大家安静下来，都又各谈各的事。

庞太监　（已坐下）怎么说？一个乡下丫头，要二百银子？

刘麻子　（侍立）乡下人，可长得俊呀！带进城来，好好地一打
　　　　扮、调教，准保是又好看，又有规矩！我给您办事，比给
　　　　我亲爸爸作事都更尽心，一丝一毫不能马虎！

[唐铁嘴又回来了。

王利发　铁嘴，你怎么又回来了？

唐铁嘴　街上兵荒马乱的，不知道是怎么回事！

庞太监　还能不搜查搜查谭嗣同的余党吗？唐铁嘴，你放心，没人
　　　　抓你！

唐铁嘴　嗻，总管，您要能赏给我几个烟泡儿，我可就更有出息了！

[有几个茶客好像预感到什么灾祸，一个个往外溜。

松二爷　咱们也该走啦吧！天不早啦！

常四爷　嗻！走吧！

[二灰衣人——宋恩子和吴祥子走过来。

名师点评

第一个"我"后面的逗号表明了常四爷的心虚，而后的叹号又故意强调了坚定的语气，更突显常四爷的心虚和窘迫。

宋恩子　等等！

常四爷　怎么啦？

宋恩子　刚才你说"大清国要完"？

常四爷　我，我爱大清国，怕它完了！

吴祥子　（对松二爷）你听见了？他是这么说的吗？

松二爷　哥儿们，我们天天在这儿喝茶。王掌柜知道：我们都是地

道老好人!

吴祥子　问你听见了没有?

松二爷　那,有话好说,二位请坐!

宋恩子　你不说,连你也锁了走!他说"大清国要完",就是跟谭嗣同一党!

松二爷　我,我听见了,他是说……

宋恩子　(对常四爷)走!

常四爷　上哪儿?事情要交代明白了啊!

宋恩子　你还想拒捕吗?我这儿可带着"王法"呢!(掏出腰中带着的铁链子)

常四爷　告诉你们,我可是旗人!

吴祥子　旗人当汉奸,罪加一等!锁上他!

常四爷　甭锁,我跑不了!

宋恩子　量你也跑不了!(对松二爷)你也走一趟,到堂上实话实说,没你的事!

[黄胖子同三五个人由后院过来。

黄胖子　得啦,一天云雾散,算我没白跑腿!

松二爷　黄爷!黄爷!

黄胖子　(揉揉眼)谁呀?

松二爷　我!松二!您过来,给说句好话!

黄胖子　(看清)哟,宋爷,吴爷,二位爷办案哪?请吧!

松二爷　黄爷,帮帮忙,给美言两句!

黄胖子　官厅儿管不了的事,我管!官厅儿能管的事呀,我不便多嘴!(问大家)是不是?

众　　　嗻!对!

[宋恩子、吴祥子带着常四爷、松二爷往外走。

松二爷　（对王利发）看着点我们的鸟笼子！

王利发　您放心，我给送到家里去！

　　　　［常四爷、松二爷、宋恩子、吴祥子同下。

两个人刚刚被锁走
了，茶馆中的气氛
陡然紧张，庞太监
的"喜酒"突兀地
穿插进来，让这气
氛也变得尴尬起来。

黄胖子　（唐铁嘴告以庞太监在此）哟，老爷在这儿哪？听说要安
　　　　份儿家，我先给您道喜！

庞太监　等吃喜酒吧！

黄胖子　您赏脸！您赏脸！（下）

　　　　［乡妇端着空碗进来，往柜上放。小妞跟进来。

小　妞　妈！我还饿！

王利发　唉！出去吧！

乡　妇　走吧，乖！

小　妞　不卖姐姐啦？妈！不卖啦？妈！

乡　妇　乖！（哭着，携小妞下）

　　　　［康六带着康顺子进来，立在柜台前。

康　六　姑娘！顺子！爸爸不是人，是畜生！可你叫我怎办呢？你
　　　　不找个吃饭的地方，你饿死！我不弄到手几两银子，就得
　　　　叫东家活活地打死！你呀，顺子，认命吧，积德吧！

康顺子　我，我……（说不出话来）

刘麻子　（跑过来）你们回来啦？点头啦？好！来见见总管！给总
　　　　管磕头！

康顺子　我……（要晕倒）

康　六　（扶住女儿）顺子！顺子！

刘麻子 怎么啦？

康 六 又饿又气，昏过去了！顺子！顺子！

庞太监 我要活的，可不要死的！

[静场。

茶客甲 （正与茶客乙下象棋）将！你完啦！

[幕落]

    王利发、秦仲义、松二爷等剧中人物相继登场，有的贯串整个第一幕，有的只是说了一两句台词，但是每个人的性格特征都格外鲜明，身份各异的人物通过台词展现了不同的立场，令人印象深刻。

1. 请简述王利发的人物性格特征。

2. 请你找出表现康六犹豫的形容词。

第二幕

名师导读

　　袁世凯死后，中国社会处于军阀混战时期，裕泰茶馆为了生存，改良了很多经营项目，并重新进行了装修。但是现实却是残酷的，即使茶馆改变了很多，但其经营实质却依然没变，就像当时的社会，不是仅仅靠改良运动就能完成变革。

人　物　王淑芬　报　童　康顺子　李　三　常四爷　康大力　王利发
　　　　松二爷　老　林　难民数人　宋恩子　老　陈　巡　警　吴祥子
　　　　崔久峰　押大令的兵七人　公寓住客二、三人　军　官　唐铁嘴
　　　　刘麻子　大兵三、五人

时　间　与前幕相隔十余年，现在是袁世凯死后，帝国主义指使中国军阀进行割据，时时发动内战的时候。初夏，上午。

地　点　同前幕。

　　[幕启：北京城内的大茶馆已先后相继关了门。"裕泰"是硕果仅存的一家了，可是为避免被淘汰，它已改变了样子与作风。现在，它的前部仍然卖茶，后部却改成了公寓。前部只卖茶和瓜子什么的；"烂肉面"等等已成为历史名词。厨房挪到后边去，专包公寓住客的伙食。茶座也大加改良：一律是小桌与藤椅，桌上铺着浅绿桌布。墙上的"醉八仙"大画，连财神龛，均已撤去，代以时装美人——外国香烟公司的广告画。"莫谈国事"的纸条可是保存了下来，而且字写得更大。王利发真像个"圣之时者也"，不但没使"裕泰"灭亡，而且使它有了新的发展。

〔因为修理门面，茶馆停了几天营业，预备明天开张。王淑芬正和李三忙着布置，把桌椅移了又移，摆了又摆，以期尽善尽美①。

〔王淑芬梳时行的圆髻，而李三却还带着小辫儿。

〔二、三学生由后面来，与他们打招呼，出去。

王淑芬　（看李三的辫子碍事）三爷，咱们的茶馆改了良，你的小辫儿也该剪了吧？

李　三　改良②！改良！越改越凉，冰凉！

王淑芬　也不能那么说！三爷你看，听说西直门的德泰，北新桥的广泰，鼓楼前的天泰，这些大茶馆全先后脚儿关了门！只有咱们裕泰还开着，为什么？不是因为拴子的爸爸懂得改良吗？

李　三　哼！皇上没啦，总算大改良吧？可是改来改去，袁世凯还是要作皇上。袁世凯死后，天下大乱，今儿个打炮，明儿个关城，改良？哼！我还留着我的小辫儿，万一把皇上改回来呢！

王淑芬　别顽固啦，三爷！人家给咱们改了民国，咱们还能不随着走吗？你看，咱们这么一收拾，不比以前干净，好看？专招待文明人，不更体面？可是，你要还带着小辫儿，看着多么不顺眼哪！

李　三　太太，您觉得不顺眼，我还不顺心呢！

王淑芬　哟，你不顺心？怎么？

李　三　您还不明白？前面茶馆，后面公寓，全仗着掌柜的跟我两个人，无论怎么说，也忙不过来呀！

王淑芬　前面的事归他，后面的事不是还有我帮助你吗？

李　三　就算有您帮助，打扫二十来间屋子，侍候二十多人的伙食，还要沏茶灌水，买东西送信，问问您自己，受得了受不了！

名师注解

① 尽善尽美：形容事物达到完美无缺的地步。

② 改良：指去掉事物的某些缺点，使之更适合要求。

王淑芬　三爷，你说的对！可是呀，这兵荒马乱^①的年月，能有个事儿作也就得念佛！咱们都得忍着点！

李　三　我干不了！天天睡四、五个钟头的觉，谁也不是铁打的！

王淑芬　唉！三爷，这年月谁也舒服不了！你等着，大拴子暑假就高小毕业，二拴子也快长起来，他们一有用处，咱们可就清闲点啦。从老王掌柜在世的时候，你就帮助我们，老朋友，老伙计啦！

　　　　〔王利发老气横秋^②地从后面进来。

李　三　老伙计？二十多年了，他们可给我长过工钱？什么都改良，为什么工钱不跟着改良呢？

王利发　哟！你这是什么话呀？咱们的买卖要是越作越好，我能不给你长工钱吗？得了，明天咱们开张，取个吉利，先别吵嘴，就这么办吧！All right？^③

李　三　就怎么办啦？不改我的良，我干不下去啦！

　　　　〔后面叫：李三！李三！

王利发　崔先生叫，你快去！咱们的事，有工夫再细研究！

李　三　哼！

王淑芬　我说，昨天就关了城门，今儿个还说不定关不关，三爷，这里的事交给掌柜的，你去买点菜吧！别的不说，咸菜总得买下点呀！

··

名师注解

① 兵荒马乱：荒和乱，指社会秩序不安定。形容战争期间社会混乱不安的景象。

② 老气横秋：老气，指老年人的气派；横，意为充满。本义指老年志气横贯秋空，形容气概雄浑、豪迈。现形容人自高自大，摆老资格，自以为了不起的样子；也形容人缺乏朝气，暮气沉沉的样子。

③ All right：在这里是"好吧"的意思。

[后面又叫：李三！李三！

李 三　对，后边叫，前边催，把我劈成两半儿好不好！（忿忿地往后走）

王利发　拴子的妈，他岁数大了点，你可得……

王淑芬　他抱怨①了大半天了！可是抱怨的对！当着他，我不便直说；对你，我可得说实话：咱们得添人！

王利发　添人得给工钱，咱们赚得出来吗？我要是会干别的，可是还开茶馆，我是孙子！

[远处隐隐有炮声。

王利发　听听，又他妈的开炮了！你闹，闹！明天开得了张才怪！这是怎么说的！

王淑芬　明白人别说糊涂话，开炮是我闹的？

王利发　别再瞎扯，干活儿去！嘿！

王淑芬　早晚不是累死，就得叫炮轰死，我看透了！（慢慢地往后边走）

王利发　（温和了些）拴子的妈，甭害怕，开过多少回炮，一回也没打死咱们，北京城是宝地！

王淑芬　心哪，老跳到嗓子眼里，宝地！我给三爷拿菜钱去。（下）

[一群男女难民在门外央告。

难 民　掌柜的，行行好，可怜可怜吧！

王利发　走吧，我这儿不打发，还没开张！

难 民　可怜可怜吧！我们都是逃难的！

王利发　别耽误工夫！我自己还顾不了自己呢！

名师注解

① 抱怨：心中怀有不满，责怪别人。

［巡警上。

巡　警　走！滚！快着！

［难民散去。

王利发　怎样啊？六爷！又打得紧吗？

巡　警　紧！紧得厉害！仗打得不紧，怎能够有这么多难民呢！上面交派下来，你出八十斤大饼，十二点交齐！城里的兵带着干粮，才能出去打仗啊！

王利发　您圣明，我这儿现在光包后面的伙食，不再卖饭，也还没开张，别说八十斤大饼，一斤也交不出啊！

巡　警　你有你的理由，我有我的命令，你瞧着办吧！（要走）

王利发　您等等！我这儿千真万确还没开张，这您知道！开张以后，还得多麻烦您呢！得啦，您买包茶叶喝吧！（递钞票）您多给美言几句，我感恩不尽！

巡　警　（接票子）我给你说说看，行不行可不保准！

［三、五个大兵，军装破烂，都背着枪，闯进门口。

巡　警　老总们，我这儿正查户口呢，这儿还没开张！

大　兵　屙！

巡　警　王掌柜，孝敬老总们点茶钱，请他们到别处喝去吧！

王利发　老总们，实在对不起，还没开张，要不然，诸位住在这儿，一定欢迎！（递钞票给巡警）

巡　警　（转递给兵们）得啦，老总们多原谅，他实在没法招待诸位！

大　兵　屙！谁要钞票？要现大洋！

王利发　老总们，让我哪儿找现洋去呢？

大　兵　屌！揍他个小舅子！

巡　警　快！再添点！

王利发　（掏）老总们，我要是还有一块，请把房子烧了！（递钞票）

大　兵　屌！（接钱下，顺手拿走两块新桌布）

巡　警　得，我给你挡住了一场大祸！他们不走呀，你就全完，连一个茶碗
　　　　也剩不下！

王利发　我永远忘不了您这点好处！

巡　警　可是为这点功劳，你不得另有份意思吗？

王利发　对！您圣明，我糊涂！可是，您搜我吧，真一个铜子儿也没有啦！
　　　　（掀起褂子，让他搜）您搜！您搜！

巡　警　我干不过你！明天见，明天还不定是风是雨呢！（下）

王利发　您慢走！（看巡警走去，跺脚）他妈的！打仗，打仗！今天打，明
　　　　天打，老打，打他妈的什么呢？

　　　　［唐铁嘴进来，还是那么瘦，那么脏，可是穿着绸子夹袍。

唐铁嘴　王掌柜！我来给你道喜！

王利发　（还生着气）哟！唐先生？我可不再白送茶喝！（打量，有了笑容）
　　　　你混的不错呀！穿上绸子啦！

唐铁嘴　比从前好了一点！我感谢这个年月！

王利发　这个年月还值得感谢！听着有点不搭调！

唐铁嘴　年头越乱，我的生意越好！这年月，谁活着谁死都碰运气，怎能不
　　　　多算算命、相相面呢？你说对不对？

王利发　Yes[①]，也有这么一说！

唐铁嘴　听说后面改了公寓，租给我一间屋子，好不好？

王利发　唐先生，你那点嗜好，在我这儿恐怕……

··········

名师注解

① Yes：即"对"的意思。

唐铁嘴　我已经不吃大烟了！

王利发　真的？你可真要发财了！

唐铁嘴　我改抽"白面儿"啦。（指墙上的香烟广告）你看，哈德门烟是又长又松，（掏出烟来表演）一蹾①就空出一大块，正好放"白面儿"。大英帝国的烟，日本的"白面儿"，两大强国侍候着我一个人，这点福气还小吗？

王利发　福气不小！不小！可是，我这儿已经住满了人，什么时候有了空房，我准给你留着！

唐铁嘴　你呀，看不起我，怕我给不了房租！

王利发　没有的事！都是久在街面上混的人，谁能看不起谁呢？这是知心话吧？

唐铁嘴　你的嘴呀比我的还花哨！

王利发　我可不光耍嘴皮子，我的心放得正！这十多年了，你白喝过我多少碗茶？你自己算算！你现在混的不错，你想着还我茶钱没有？

唐铁嘴　赶明儿我一总还给你，那一共才有几个钱呢！（搭讪着往外走）

　　〔街上卖报的喊叫："长辛店大战的新闻，买报瞧，瞧长辛店大战的新闻！"报童向内探头。

报　童　掌柜的，长辛店大战的新闻，来一张瞧瞧？

王利发　有不打仗的新闻没有？

报　童　也许有，您自己找！

王利发　走！不瞧！

报　童　掌柜的，你不瞧也照样打仗！（对唐铁嘴）先生，您照顾照顾？

唐铁嘴　我不像他，（指王利发）我最关心国事！（拿了一张报，没给钱即走）

··

名师注解

① 蹾：猛地往下放。

　　[报童追唐铁嘴下。

王利发　（自言自语）长辛店！长辛店！离这里不远啦！（喊）三爷，三爷！
　　　　你倒是抓早儿买点菜去呀，待一会儿准关城门，就什么也买不到啦！
　　　　嘿！（听后面没人应声，含怒往后跑）

　　[常四爷提着一串腌萝卜，两只鸡，走进来。

常四爷　王掌柜！

王利发　谁？哟，四爷！您干什么哪？

常四爷　我卖菜呢！自食其力，不含糊！今儿个城外头乱乱哄哄，买不到菜；
　　　　东抓西抓，抓到这么两只鸡，几斤老腌萝卜。听说你明天开张，也
　　　　许用的着，特意给你送来了！

王利发　我谢谢您！我这儿正没有辙呢！

常四爷　（四下里看）好啊！好啊！收拾得好啊！大茶馆全关了，就是你有
　　　　心路，能随机应变①地改良！

王利发　别夸奖我啦！我尽力而为，可就怕天下老这么乱七八糟②！

常四爷　像我这样的人算是坐不起这样的茶馆喽！

　　[松二爷走进来，穿的很寒酸，可是还提着鸟笼。

松二爷　王掌柜！听说明天开张，我来道喜！（看见常四爷）哎哟！四爷，
　　　　可想死我喽！

常四爷　二哥！你好哇？

名师注解

① 随机应变：机，指时机，形势。该词指随着情况的变化，灵活机智地应付。

② 乱七八糟：形容毫无秩序及条理，乱糟糟的样子。

王利发　都坐下吧！

松二爷　王掌柜，你好？太太好？少爷好？生意好？

王利发　（一劲儿说）好！托福！（提起鸡与咸菜）四爷，多少钱？

常四爷　瞧着给，该给多少给多少！

王利发　对！我给你们弄壶茶来！（提物到后面去）

松二爷　四爷，你，你怎么样啊？

常四爷　卖青菜哪！铁杆庄稼没有啦，还不卖膀子力气吗？二爷，您怎么
　　　　样啊？

松二爷　怎么样？我想大哭一场！看见我这身衣裳没有？我还像个人吗？

常四爷　二哥，您能写能算，难道找不到点事儿作？

松二爷　嗻，谁愿意瞪着眼挨饿呢！可是，谁要咱们旗人呢！想起来呀，大
　　　　清国不一定好啊，可是到了民国，我挨了饿！

王利发　（端着一壶茶回来。给常四爷钱）不知道您花了多少，我就给这么
　　　　点吧！

常四爷　（接钱，没看，揣在怀里）没关系！

王利发　二爷，（指鸟笼）还是黄鸟吧？哨的怎样？

松二爷　嗻，还是黄鸟！我饿着，也不能叫鸟儿饿着！（有了点精神）你看
　　　　看，看看，（打开罩子）多么体面！一看见它呀，我就舍不得死啦！

王利发　松二爷，不准说死！有那么一天，您还会走一步好运！

常四爷　二哥，走！找个地方喝两盅儿去！一醉解千愁！王掌柜，我可就不
　　　　让你啦，没有那么多的钱！

王利发　我也分不开身，就不陪了！

　　　　〔常四爷、松二爷正往外走，宋恩子和吴祥子进来。他们俩仍穿灰
　　　　色大衫，但袖口瘦了，而且罩上青布马褂。

松二爷　（看清楚是他们，不由得上前请安）原来是你们二位爷！

〔王利发似乎受了松二爷的感染，也请安，弄得二人愣住了。

宋恩子 这是怎么啦？民国好几年了，怎么还请安？你们不会鞠躬吗？

松二爷 我看见您二位的灰大褂呀，就想起了前清的事儿！不能不请安！

王利发 我也那样！我觉得请安比鞠躬更过瘾！

吴祥子 哈哈哈哈！松二爷，你们的铁杆庄稼不行了，我们的灰色大褂反倒成了铁杆庄稼，哈哈哈！（看见常四爷）这不是常四爷吗？

常四爷 是呀，您的眼力不错！戊戌年我就在这儿说了句"大清国要完"，叫您二位给抓了走，坐了一年多的牢！

宋恩子 您的记性可也不错！混的还好吧？

常四爷 托福！从牢里出来，不久就赶上庚子年；扶清灭洋，我当了义和团，跟洋人打了几仗！闹来闹去，大清国到底是亡了，该亡！我是旗人，可是我得说公道话！现在，每天起五更弄一挑子青菜，绕到十点来钟就卖光。凭力气挣饭吃，我的身上更有劲了！什么时候洋人敢再动兵，我姓常的还准备跟他们打打呢！我是旗人，旗人也是中国人哪！您二位怎么样？

吴祥子 瞎混呗！有皇上的时候，我们给皇上效力①，有袁大总统的时候，我们给袁大总统效力；现而今，宋恩子，该怎么说啦？

宋恩子 谁给饭吃，咱们给谁效力！

常四爷 要是洋人给饭吃呢？

松二爷 四爷，咱们走吧！

吴祥子 告诉你，常四爷，要我们效力的都仗着洋人撑腰！没有洋枪洋炮，怎能够打起仗来呢？

松二爷 您说的对！嗻！四爷，走吧！

常四爷 再见吧，二位，盼着你们快快升官发财！（同松二爷下）

宋恩子 这小子！

··

名师注解

① 效力：效劳，出力，服务。

王利发　（倒茶）常四爷老是那么又倔又硬，别计较他！（让茶）二位喝碗吧，刚沏好的。

宋恩子　后面住着的都是什么人？

王利发　多半是大学生，还有几位熟人。我有登记簿子，随时报告给"巡警阁子"。我拿来，二位看看？

吴祥子　我们不看簿子，看人！

王利发　您甭看，准保都是靠得住的人！

宋恩子　你为什么爱租学生们呢？学生不是什么老实家伙呀！

王利发　这年月，作官的今天上任，明天撤职，作买卖的今天开市，明天关门，都不可靠！只有学生有钱，能够按月交房租，没钱的就上不了大学啊！您看，是这么一笔账不是？

宋恩子　都叫你咂摸透了！你想的对！现在，连我们也欠饷啊！

吴祥子　是呀，所以非天天拿人不可，好得点津贴！

宋恩子　就仗着有错拿，没错放的，拿住人就有津贴！走吧，到后边看看去！

吴祥子　走！

王利发　二位，二位！您放心，准保没错儿！

宋恩子　不看，拿不到人，谁给我们津贴呢？

吴祥子　王掌柜不愿意咱们看，王掌柜必会给咱们想办法！咱们得给王掌柜留个面子！对吧？王掌柜！

王利发　我……

宋恩子　我出个不很高明的主意：干脆来个包月，每月一号，按阳历算，你把那点……

吴祥子　那点意思！

宋恩子　对，那点意思送到，你省事，我们也省事！

王利发　那点意思得多少呢？

吴祥子　多年的交情，你看着办！你聪明，还能把那点意思闹成不好意思吗？

李　三　（提着菜筐由后面出来）喝，二位爷！（请安）今儿个又得关城门吧！（没等回答，往外走）

〔二、三学生匆匆地回来。

学　生　三爷，先别出去，街上抓伕呢！（往后面走去）

李　三　（还往外走）抓去也好，在哪儿也是当苦力！

〔刘麻子丢了魂似的跑来，和李三碰了个满怀。

李　三　怎么回事呀？吓掉了魂儿啦！

刘麻子　（喘着）别，别，别出去！我差点叫他们抓了去！

王利发　三爷，等一等吧！

李　三　午饭怎么开呢？

王利发　跟大家说一声，中午咸菜饭，没别的办法！晚上吃那两只鸡！

李　三　好吧！（往回走）

刘麻子　我的妈呀，吓死我啦！

宋恩子　你活着，也不过多买卖几个大姑娘！

刘麻子　有人卖，有人买，我不过在中间帮帮忙，能怪我吗？（把桌上的三
　　　　个茶杯的茶先后喝净）

吴祥子　我可是告诉你，我们哥儿们从前清起就专办革命党，不大爱管贩卖
　　　　人口，拐带妇女什么的臭事。可是你要叫我们碰见，我们也不再睁
　　　　一眼闭一眼！还有，像你这样的人，弄进去，准锁在尿桶上！

刘麻子　二位爷，别那么说呀！我不是也快挨饿了吗？您看，以前，我走八
　　　　旗老爷们、宫里太监们的门子。这么一革命啊，可苦了我啦！现在，
　　　　人家总长次长，团长师长，要娶姨太太讲究要唱落子的坤角，戏班
　　　　里的女名角，一花就三千五千现大洋！我干瞧着，摸不着门！我那
　　　　点芝麻粒大的生意算得了什么呢？

宋恩子　你呀，非锁在尿桶上，不会说好的！

刘麻子　得啦，今天我孝敬不了二位，改天我必有一份儿人心！

吴祥子　你今天就有买卖，要不然，兵荒马乱的，你不会出来！

刘麻子　没有！没有！

宋恩子　你嘴里半句实话也没有！不对我们说真话，没有你的好处！王掌柜，
　　　　我们出去绕绕；下月一号，按阳历算，别忘了！

王利发　我忘了姓什么，也忘不了您二位这回事！

吴祥子　一言为定啦！（同宋恩子下）

王利发　刘爷，茶喝够了吧？该出去活动活动！

刘麻子　你忙你的，我在这儿等两个朋友。

王利发　咱们可把话说开了，从今以后，你不能再在这儿作你的生意，这儿
　　　　现在改了良，文明啦！

[康顺子提着个小包，带着康大力，往里边探头。

康大力　是这里吗？

康顺子　地方对呀，怎么改了样儿？（进来，细看，看见了刘麻子）大力，
　　　　进来，是这儿！

康大力　找对啦？妈！

康顺子　没错儿！有他在这儿，不会错！

王利发　您找谁？

康顺子　（不语，直奔过刘麻子去）刘麻子，你还认识我吗？（要打，但是
　　　　伸不出手去，一劲地颤抖）你，你，你个……（要骂，也感到困难）

刘麻子　你这个娘儿们，无缘无故①地跟我捣什么乱呢？

康顺子　（挣扎）无缘无故？你，你看看我是谁？一个男子汉，干什么吃不
　　　　了饭，偏干伤天害理的事！呸！呸！

王利发　这位大嫂，有话好好说！

康顺子　你是掌柜的？你忘了吗？十几年前，有个娶媳妇的太监？

名师注解
① 无缘无故：没有一点原因。

王利发　您，您就是庞太监的那个……

康顺子　都是他（指刘麻子）作的好事，我今天跟他算算账！（又要打，仍未成功）

刘麻子　（躲）你敢！你敢！我好男不跟女斗！（随说随往后退）我，我找人来帮我说说理！（撒腿往后面跑）

王利发　（对康顺子）大嫂，你坐下，有话慢慢说！庞太监呢？

康顺子　（坐下喘气）死啦。叫他的侄子们给饿死的。一改民国呀，他还有钱，可没了势力，所以侄子们敢欺负他。他一死，他的侄子们把我们轰出来了，连一床被子都没给我们！

王利发　这，这是……？

康顺子　我的儿子！

王利发　您的……？

康顺子　也是买来的，给太监当儿子。

康大力　妈！你爸爸当初就在这儿卖了你的？

康顺子　对了，乖！就是这儿，一进这儿的门，我就晕过去了，我永远忘不了这个地方！

康大力　我可不记得我爸爸在哪里卖了我的！

康顺子　那时候，你不是才一岁吗？妈妈把你养大了的，你跟妈妈一条心，对不对？乖！

康大力　那个老东西，掐你，拧你，咬你，还用烟签子扎我！他们人多，咱们打不过他们！要不是你，妈，我准叫他们给打死了！

康顺子　对！他们人多，咱们又太老实！你看，看见刘麻子，我想咬他几口，可是，可是，连一个嘴巴也没打上，我伸不出手去！

康大力　妈，等我长大了，我帮助你打！我不知道亲妈妈是谁，你就是我的亲妈妈！

康顺子　好！好！咱们永远在一块儿，我去挣钱，你去念书！（稍愣了一会儿）掌柜的，当初我在这儿叫人买了去，咱们总算有缘，你能不能

　　帮帮忙，给我找点事作？我饿死不要紧，可不能饿死这个无倚无靠的好孩子！

　　[王淑芬出来，立在后边听着。

王利发　你会干什么呢？

康顺子　洗洗涮涮、缝缝补补、作家常饭，都会！我是乡下人，我能吃苦，只要不再作太监的老婆，什么苦处都是甜的！

王利发　要多少钱呢？

康顺子　有三顿饭吃，有个地方睡觉，够大力上学的，就行！

王利发　好吧，我慢慢给你打听着！你看，十多年前那回事，我到今天还没忘，想起来心里就不痛快！

康顺子　可是，现在我们母子上哪儿去呢？

王利发　回乡下找你的老父亲去！

康顺子　他？他是活是死，我不知道。就是活着，我也不能去找他！他对不起女儿，女儿也不必再叫他爸爸！

王利发　马上就找事，可不大容易！

王淑芬　（过来）她能洗能作，又不多要钱，我留下她了！

王利发　你？

王淑芬　难道我不是内掌柜的？难道我跟李三爷就该累死？

康顺子　掌柜的，试试我！看我不行，您说话，我走！

王淑芬　大嫂，跟我来！

康顺子　当初我是在这儿卖出去的，现在就拿这儿当作娘家吧！大力，来吧！

康大力　掌柜的，你要不打我呀，我会帮助妈妈干活儿！（同王淑芬、康顺子下）

王利发　好家伙，一添就是两张嘴！太监取消了，可把太监的家眷交到这里来了！

李　三　（掩护着刘麻子出来）快走吧！（回去）

王利发　就走吧，还等着真挨两个脆的吗？

刘麻子　我不是说过了吗，等两个朋友？

王利发　你呀，叫我说什么才好呢！

刘麻子　有什么法子呢。！隔行如隔山^①，你老得开茶馆，我老得干我这一
　　　　行！到什么时候，我也得干我这一行！

　　　　　　　［老林和老陈满面笑容地走进来。

刘麻子　（二人都比他年轻，他却称呼他们哥哥）林大哥，陈二哥！（看王
　　　　利发不满意，赶紧说）王掌柜，这儿现在没有人，我借个光，下不
　　　　为例！

王利发　她（指后边）可是还在这儿呢！

刘麻子　不要紧了，她不会打人！就是真打，他们二位也会帮助我！

王利发　你呀！哼！（到后边去）

刘麻子　坐下吧，谈谈！

老　林　你说吧！老二！

老　陈　你说吧！哥！

刘麻子　谁说不一样啊！

老　陈　你说吧，你是大哥！

老　林　那个，你看，我们俩是把兄弟！

老　陈　对！把兄弟，两个人穿一条裤子的交情！

老　林　他有几块现大洋！

刘麻子　现大洋？

老　陈　林大哥也有几块现大洋！

刘麻子　一共多少块呢？说个数目！

・・

名师注解

① 隔行如隔山：指不是本行的人就不懂这一行业的门道。

老　林　那，还不能告诉你咧！

老　陈　事儿能办才说咧！

刘麻子　有现大洋，没有办不了的事！

老　林
老　陈　真的？

刘麻子　说假话是孙子！

老　林　那么，你说吧，老二！

老　陈　还是你说，哥！

老　林　你看，我们是两个人吧？

刘麻子　嗯！

老　陈　两个人穿一条裤子的交情吧？

刘麻子　嗯！

老　林　没人耻笑我们的交情吧？

刘麻子　交情嘛，没人耻笑！

老　陈　也没人耻笑三个人的交情吧？

刘麻子　三个人？都是谁？

老　林　还有个娘儿们！

刘麻子　嗯！嗯！嗯！我明白了！可是不好办，我没办过！你看，平常都说
　　　　小两口儿，哪有小三口儿的呢！

老　林　不好办？

刘麻子　太不好办啦！

老　林　（问老陈）你看呢？

老　陈　还能白拉倒吗？

老　林　不能拉倒！当了十几年兵，连半个媳妇都娶不上！他妈的！

刘麻子　不能拉倒，咱们再想想！你们到底一共有多少块现大洋？

〔王利发和崔久峰由后面慢慢走来。刘麻子等停止谈话。

王利发　崔先生，昨天秦二爷派人来请您，您怎么不去呢？您这么有学问，上知天文，下知地理，又作过国会议员，可是住在我这里，天天念经；干吗不出去作点事呢？您这样的好人，应当出去作官！有您这样的清官，我们小民才能过太平日子！

崔久峰　惭愧！惭愧！作过国会议员，那真是造孽呀！革命有什么用呢，不过自误误人而已！唉！现在我只能修持，忏悔！

王利发　您看秦二爷，他又办工厂，又忙着开银号！

崔久峰　办了工厂、银号又怎么样呢？他说实业救国，他救了谁？救了他自己，他越来越有钱了！可是他那点事业，哼，外国人伸出一个小指头，就把他推倒在地，再也起不来！

王利发　您别这么说呀！难道咱们就一点盼望也没有了吗？

崔久峰　难说！很难说！你看，今天王大帅打李大帅，明天赵大帅又打王大帅。是谁叫他们打的？

王利发　谁？哪个混蛋？

崔久峰　洋人！

王利发　洋人？我不能明白！

崔久峰　慢慢地你就明白了。有那么一天，你我都得作亡国奴！我干过革命，我的话不是随便说的！

王利发　那么，您就不想想主意，卖卖力气，别叫大家作亡国奴？

崔久峰　我年轻的时候，以天下为己任，的确那么想过！现在，我可看透了，中国非亡不可！

王利发　那也得死马当活马治呀！

崔久峰　死马当活马治？那是妄想！死马不能再活，活马可早晚得死！好啦，我到弘济寺去，秦二爷再派人来找我，你就说，我只会念经，不会干别的！（下）

　　〔宋恩子、吴祥子又回来了。

王利发　二位！有什么消息没有？

　　　　［宋恩子、吴祥子不语，坐在靠近门口的地方，看着刘麻子等。

　　　　［刘麻子不知如何是好，低下头去。

　　　　［老陈、老林也不知如何是好，相视无言。

　　　　［静默了有一分钟。

老　陈　哥，走吧？

老　林　走！

宋恩子　等等！（立起来，挡住路）

老　陈　怎么啦？

吴祥子　（也立起）你说怎么啦？

　　　　［四人呆呆相视一会儿。

宋恩子　乖乖地跟我们走！

老　林　上哪儿？

吴祥子　逃兵，是吧？有些块现大洋，想在北京藏起来，是吧？有钱就藏起来，没钱就当土匪，是吧？

老　陈　你管得着吗？我一个人揍你这样的八个。（要打）

宋恩子　你？可惜你把枪卖了，是吧？没有枪的干不过有枪的，是吧？（拍了拍身上的枪）我一个人揍你这样的八个！

老　林　都是弟兄，何必呢？都是弟兄！

吴祥子　对啦！坐下谈谈吧！你们是要命呢？还是要现大洋？

老　陈　我们那点钱来的不容易！谁发饷，我们给谁打仗，我们打过多少次仗啊！

宋恩子　逃兵的罪过，你们可也不是不知道！

老　林　咱们讲讲吧，谁叫咱们是弟兄呢！

吴祥子　这像句自己人的话！谈谈吧！

王利发　（在门口）诸位，大令过来了！

老　陈
老　林　啊！（惊惶失措，要往里边跑）

宋恩子　别动！君子一言，把现大洋分给我们一半，保你们俩没事！咱们是
　　　　　自己人！

老　陈
老　林　就那么办！自己人！

　　　　　〔"大令"进来：二捧刀——刀缠红布——背枪者前导，手捧令箭
　　　　　的在中，四持黑红棍者在后。军官在最后押队。

吴祥子　（和宋恩子、老林、老陈一齐立正，从帽中取出证章，叫军官看）
　　　　　报告官长，我们正在这儿盘查一个逃兵。

军　官　就是他吗？（指刘麻子）

吴祥子　（指刘麻子）就是他！

军　官　绑！

刘麻子　（喊）老爷！我不是！不是！

军　官　绑！（同下）

吴祥子　（对宋恩子）到后面抓两个学生！

宋恩子　走！（同往后疾走）

　　　　　〔幕落〕

　　　　第二幕剧情的发生时间与第一幕剧情的发生时间间隔了多年，为什么在
　　　清政府被推翻之后，裕泰茶馆中客人的生活环境并没有改善？

第三幕【精读】

名师导读

时间来到了抗日战争胜利后的国民党统治时期，北京的裕泰茶馆愈发地岌岌可危，日本人虽已被赶走，但是当时的国民党政府腐败不堪，广大百姓的生存都已成问题。王掌柜也是一样，不仅生存不下去，还被抢占了赖以谋生的茶馆。最终，王掌柜在绝望中自缢。这是那个时代造成的悲剧，也是对当时国民党政府统治即将覆灭的暗示。

人　物　王大拴　明师傅　于厚斋　周秀花　邹福远　小宋恩子

　　　　王小花　卫福喜　小吴祥子　康顺子　方　六　常四爷

　　　　丁宝　车当当　秦仲义　王利发　庞四奶奶　小心眼

　　　　茶客甲、乙　春　梅　沈处长　小刘麻子　老　杨

　　　　宪兵四人　取电灯费的　小二德子　小唐铁嘴　谢勇仁

时　间　抗日战争胜利后，国民党特务和美国兵在北京横行的时候。
　　　　秋，清晨。

地　点　同前幕。

名师点评

交代了第三幕剧发生的社会背景。

　　[幕启：现在，裕泰茶馆的样子可不像前幕那么体面了。藤椅已不见，代以小凳与条凳。自房屋至家具都显着暗淡无光。假若有什么突出惹眼的东西，那就是"莫谈国事"的纸条更多，字也更大了。在这些条子旁边还贴着"茶钱先付"的新纸条。

名师点评

许多年过去了，裕泰茶馆越发地破败落寞了。

［一清早，还没有下窗板。王利发的儿子王大拴，垂头丧气地独自收拾屋子。

　［王大拴的妻周秀花，领着小女儿王小花，由后面出来。她们一边走一边说话儿。

王小花 妈，晌午给我作点热汤面吧！好多天没吃过啦！

周秀花 我知道，乖！可谁知道买得着面买不着呢！就是粮食店里可巧有面，谁知道咱们有钱没有呢！唉！

王小花 就盼着两样都有吧！妈！

周秀花 你倒想得好，可哪能那么容易！去吧，小花，在路上留神吉普车！

王大拴 小花，等等！

王小花 干吗？爸！

王大拴 昨天晚上……

周秀花 我已经嘱咐过她了！她懂事！

王大拴 你大力叔叔的事万不可对别人说呀！说了，咱们全家都得死！明白吧！

王小花 我不说，打死我也不说！有人问我大力叔叔回来过没有，我就说：他走了好几年，一点消息也没有！

　［康顺子由后面走来。她的腰有点弯，但还硬朗①。她一边走一边叫王小花。

康顺子 小花！小花！还没走哪？

········

名师注解

① 硬朗：形容身体健康，精神爽朗。

王小花　康婆婆，干吗呀？

康顺子　小花，乖！婆婆再看你一眼！（抚弄王小花的头）多体面
　　　　哪！吃的不足啊，要不然还得更好看呢！

周秀花　大婶，您是要走吧？

康顺子　是呀！我走，好让你们省点嚼谷呀！大力是我拉扯大的，
　　　　他叫我走，我怎能不走呢？当初，我刚到这里的时候，他
　　　　还没有小花这么高呢！

王小花　看大力叔叔现在多么壮实，多么大气！

康顺子　是呀，虽然他只在这儿坐了一袋烟的工夫呀，可是叫我年
　　　　轻了好几岁！我本来什么也没有，一见着他呀，好像忽然
　　　　间我什么都有啦！我走，跟着他走，受什么累，吃什么苦，
　　　　也是香甜的！看他那两只大手，那两只大脚，简直是个顶
　　　　天立地的男子汉！

名师点评

几句话，把母亲对子女的爱表现得淋漓尽致。

王小花　婆婆，我也跟您去！

康顺子　小花，你乖乖地去上学，我会回来看你！

王大拴　小花，上学吧，别迟到！

王小花　婆婆，等我下了学您再走！

康顺子　哎！哎！去吧，乖！（王小花下）

王大拴　大婶，我爸爸叫您走吗？

康顺子　他还没打好了主意。我倒怕呀，大力回来的事儿万一叫人
　　　　家知道了啊，我又忽然这么一走，也许要连累了你们！这
　　　　年月不是天天抓人吗？我不能作对不起你们的事！

周秀花　大婶，您走您的，谁逃出去谁得活命！喝茶的不是常低声
　　　　儿说：想要活命得上西山①吗？

名师注解

① 西山：指北京西山一带，当时是八路军的游击区。

王大拴 对!

康顺子 小花的妈,来吧,咱们再商量商量!我不能专顾自己,叫你们吃亏!
老大,你也好好想想!(同周秀花下)

[丁宝进来。

丁 宝 嗨,掌柜的,我来啦!

王大拴 你是谁?

丁 宝 小丁宝!小刘麻子叫我来的,他说这儿的老掌柜托他请个女招待。

王大拴 姑娘,你看看,这么个破茶馆,能用女招待吗?我们老掌柜呀,穷
得乱出主意!

[王利发慢慢地走出来,他还硬朗,穿的可很不整齐。

王利发 老大,你怎么老在背后褒贬①老人呢?谁穷得乱出主意呀?下板子
去!什么时候了,还不开门!

[王大拴去下窗板。

丁 宝 老掌柜,你硬朗啊?

王利发 嗯!要有炸酱面的话,我还能吃三大碗呢,可惜没有!十几了?
姑娘!

丁 宝 十七!

王利发 才十七?

丁 宝 是呀!妈妈是寡妇,带着我过日子。胜利以后呀,政府硬说我爸爸

···
名师注解

① 褒贬:评论好坏。褒,赞扬;贬,指出缺点。

给我们留下的一所小房子是逆产①，给没收啦！妈妈气死了，我作了女招待！老掌柜，我到今天还不明白什么叫逆产，您知道吗？

王利发　姑娘，说话留点神！一句话说错了，什么都可以变成逆产！你看，这后边呀，是秦二爷的仓库，有人一瞪眼，说是逆产，就给没收啦！就是这么一回事！

　　［王大拴回来。

丁　宝　老掌柜，您说对了！连我也是逆产，谁的胳臂粗，我就得侍候谁！他妈的，我才十七，就常想还不如死了呢！死了落个整尸首，干这一行，活着身上就烂了！

王大拴　爸，您真想要女招待吗？

王利发　我跟小刘麻子瞎聊来着！我一辈子老爱改良，看着生意这么不好，我着急！

王大拴　您着急，我也着急！可是，您就忘记老裕泰这个老字号了吗？六十多年的老字号，用女招待？

丁　宝　什么老字号啊！越老越不值钱！不信，我现在要是二十八岁，就是叫小小丁宝，小丁宝贝，也没人看我一眼！

　　［茶客甲、乙上。

王利发　二位早班儿！带着叶子哪？老大拿开水去！（王大拴下）二位，对不起，茶钱先付！

茶客甲　没听说过！

> **名师点评**
>
> 在当时黑暗的社会环境中，普通人为了生存只能苦苦挣扎。

名师注解

① 逆产：指背叛国家民族者的产业。此处指抗日战争期间汉奸的财产。

王利发　我开过几十年茶馆，也没听说过！可是，您圣明：茶叶、煤球儿都一会儿一个价钱，也许您正喝着茶，茶叶又长了价钱！您看，先收茶钱不是省得麻烦吗？

茶客乙　我看哪，不喝更省事！（同茶客甲下）

王大拴　（提来开水）怎么？走啦！

王利发　这你就明白了！

丁　宝　我要是过去说一声："来了？小子！"他们准给一块现大洋！

王利发　你呀，老大，比石头还顽固！

王大拴　（放下壶）好吧，我出去蹓蹓，这里出不来气！（下）

王利发　你出不来气，我还憋得慌呢！

　　　　[小刘麻子上，穿着洋服，夹着皮包。

小刘麻子　小丁宝，你来啦？

丁　宝　有你的话，谁敢不来呀！

小刘麻子　王掌柜，看我给你找来的小宝贝怎样？人材、岁数、打扮、经验，样样出色！

王利发　就怕我用不起吧？

小刘麻子　没的事！她不要工钱！是吧，小丁宝？

王利发　不要工钱？

小刘麻子　老头儿，你都甭管，全听我的，我跟小丁宝有我们一套办法！是吧，小丁宝？

丁　宝　要是没你那一套办法，怎会缺德呢！

小刘麻子　缺德？你算说对了！当初，我爸爸就是由这儿绑出去的；不信，你问王掌柜。是吧，王掌柜？

王利发　我亲眼得见！

名师点评

通货膨胀，物价飞涨，喝茶都变了规矩，侧面反映出民不聊生的社会现实。

暗示谋划强占裕泰茶馆，为后文做铺垫。

小刘麻子　你看，小丁宝，我不乱吹吧？绑出去，就在马路中间，磕喳一刀！是吧，老掌柜？

王利发　听得真真的！

小刘麻子　我不说假话吧？小丁宝！可是，我爸爸到底差点事，一辈子混的并不怎样。轮到我自己出头露面了，我必得干的特别出色。（打开皮包，拿出计划书）看，小丁宝，看看我的计划！

丁　宝　我没那么大的工夫！我看哪，我该回家，休息一天，明天来上工。

王利发　丁宝，我还没想好呢！

小刘麻子　王掌柜，我都替你想好啦！不信，你等着看，明天早上，小丁宝在门口儿歪着头那么一站，马上就进来二百多茶座儿！小丁宝，你听听我的计划，跟你有关系。

丁　宝　哼！但愿跟我没关系！

小刘麻子　你呀，小丁宝，不够积极！听着……

　　　　　［取电灯费的进来。

取电灯费的　掌柜的，电灯费！

王利发　电灯费？欠几个月的啦？

取电灯费的　三个月的！

王利发　再等三个月，凑半年，我也还是没办法！

取电灯费的　那像什么话呢？

小刘麻子　地道真话嘛！这儿属沈处长管。知道沈处长吧？市党部的委员，宪兵司令部的处长！你愿意收他的电费吗？说！

取电灯费的　什么话呢，当然不收！对不起，我走错了门儿！（下）

名师
点评

连日常电灯费的收取，都要欺软怕硬，差别对待。

小刘麻子 看，王掌柜，你不听我的行不行？你那套光绪年的办法太守旧了！

王利发 对！要不怎么说，人要活到老学到老呢！我还得多学！

小刘麻子 就是嘛！

〔小唐铁嘴进来，穿着绸子夹袍，新缎鞋。

小刘麻子 哎哟，他妈的是你，小唐铁嘴！

小唐铁嘴 哎哟，他妈的是你，小刘麻子！来，叫爷爷看看！（看前看后）你小子行，洋服穿的像那么一回事，由后边看哪，你比洋人还更像洋人！老王掌柜，我夜观天象，紫微星发亮，不久必有真龙天子出现，所以你看我跟小刘麻子，和这位……

小刘麻子 小丁宝，九城闻名！

小唐铁嘴 ……和这位小丁宝，都这么才貌双全，文武带打，我们是应运而生，活在这个时代，真是如鱼得水！老掌柜，把脸转正了，我看看！好，好，印堂发亮，还有一步好运！来吧，给我碗喝吧！

王利发 小唐铁嘴！

小唐铁嘴 别再叫唐铁嘴，我现在叫唐天师！

小刘麻子 谁封你作了天师？

小唐铁嘴 待两天你就知道了。

王利发 天师，可别忘了，你爸爸白喝了我一辈子的茶，这可不能世袭！

小唐铁嘴 王掌柜，等我穿上八卦仙衣的时候，你会后悔刚才说了什么！你等着吧！

小刘麻子 小唐，待会儿我请你去喝咖啡，小丁宝作陪，你先听我说点正经事，好不好？

小唐铁嘴 王掌柜，你就不想想，天师今天白喝你点茶，将来会给你个县知事作作吗？好吧，小刘你说！

小刘麻子 我这儿刚跟小丁宝说，我有个伟大的计划！

小唐铁嘴　好！洗耳恭听！

小刘麻子　我要组织一个"拖拉撕"。这是个美国字，也许你不懂，翻成北京话就是"包圆儿"。

小唐铁嘴　我懂！就是说，所有的姑娘全由你包办。

小刘麻子　对！你的脑力不坏！小丁宝，听着，这跟你有密切关系！甚至于跟王掌柜也有关系！

王利发　我这儿听着呢！

官商勾结的不法生意做得如此明目张胆，再次表明国民党政府的腐败。

小刘麻子　我要把舞女、明娼、暗娼、吉普女郎和女招待全组织起来，成立那么一个大"拖拉撕"。

小唐铁嘴　（闭着眼问）官方上疏通好了没有？

小刘麻子　当然！沈处长作董事长，我当总经理！

小唐铁嘴　我呢？

小刘麻子　你要是能琢磨出个好名字来，请你作顾问！

小唐铁嘴　车马费不要法币！

小刘麻子　每月送几块美钞！

小唐铁嘴　往下说！

小刘麻子　业务方面包括：买卖部、转运部、训练部、供应部，四大部。谁买姑娘，还是谁卖姑娘；由上海调运到天津，还是由汉口调运到重庆；训练吉普女郎，还是训练女招待；是供应美国军队，还是各级官员，都由公司统一承办，保证人人满意。你看怎样？

暗示了当时北京城内美国兵横行的状况。

小唐铁嘴　太好！太好！在道理上，这合乎统制一切的原则。在实际上，这首先能满足美国兵的需要，对国家有利！

小刘麻子　好吧，你就给想个好名字吧！想个文雅的，像"柳叶眉，杏核眼，樱桃小口一点点"那种诗那么文雅的！

小唐铁嘴　嗯——"拖拉撕"，"拖拉撕"……不雅！拖进来，拉进来，不听话就撕成两半儿，倒好像是绑票儿撕票儿，不雅！

小刘麻子 对，是不大雅！可那是美国字，吃香啊！

小唐铁嘴 还是联合公司响亮、大方！

小刘麻子 有你这么一说！什么联合公司呢？

丁　宝 缺德公司就挺好！

小刘麻子 小丁宝，谈正经事，不许乱说！你好好干，将来你有作女招待总教官的希望！

小唐铁嘴 看这个怎样——花花联合公司？姑娘是什么？鲜花嘛！要姑娘就得多花钱，花呀花呀，所以花花！"青是山，绿是水，花花世界"，又有典故，出自《武家坡》！好不好？

名师点评

本就是个"缺德"的事情，却非要一个文雅的名字。

小刘麻子 小唐，我谢谢你，谢谢你！（热烈握手）我马上找沈处长去研究一下，他一赞成，你的顾问就算当上了！（收拾皮包，要走）

王利发 我说，丁宝的事到底怎么办？

小刘麻子 没告诉你不用管吗？"拖拉撕"统办一切，我先在这里试验试验。

丁　宝 你不是说喝咖啡去吗？

小刘麻子 问小唐去不去？

小唐铁嘴 你们先去吧，我还在这儿等个人。

小刘麻子 咱们走吧，小丁宝！

丁　宝 明天见，老掌柜！再见，天师！（同小刘麻子下）

小唐铁嘴 王掌柜，拿报来看看！

王利发 那，我得慢慢地找去。二年前的还许有几张！

小唐铁嘴 废话！

　　[进来三位茶客：明师傅、邹福远和卫福喜。明师傅独坐，

邹福远与卫福喜同坐。王利发都认识，向大家点头。

王利发　哥儿们，对不起啊，茶钱先付！

明师傅　没错儿，老哥哥！

王利发　唉！"茶钱先付"，说着都烫嘴！（忙着沏茶）

邹福远　怎样啊？王掌柜！晚上还添评书不添啊？

名师
点评

当时生存都已成问题，人们哪有闲钱听评书喝茶，北京城的老传统都要消失了。

王利发　试验过了，不行！光费电，不上座儿！

邹福远　对！您看，前天我在会仙馆，开三侠四义五霸十雄十三杰九老十五小，大破凤凰山，百鸟朝凤，棍打凤腿，您猜上了多少座儿？

王利发　多少？那点书现在除了您，没有人会说！

邹福远　您说的在行！可是，才上了五个人，还有俩听蹭儿的！

卫福喜　师哥，无论怎么说，你比我强！我又闲了一个多月啦！

邹福远　可谁叫你跳了行，改唱戏了呢？

卫福喜　我有嗓子，有扮相嘛！

邹福远　可是上了台，你又不好好地唱！

卫福喜　妈的唱一出戏，挣不上三个杂合面饼子的钱，我干吗卖力气呢？我疯啦？

名师
点评

一些传统的民间文化可能因无人传承而消失。

邹福远　唉！福喜，咱们哪，全叫流行歌曲跟《纺棉花》给顶垮喽！我是这么看，咱们死，咱们活着，还在其次，顶伤心的是咱们这点玩艺儿，再过几年都得失传！咱们对不起祖师爷！常言道：邪不侵正。这年头就是邪年头，正经东西全得连根儿烂！

王利发　唉！（转至明师傅处）明师傅，可老没来啦！

明师傅　出不来喽！包监狱里的伙食呢！

王利发　您！就凭您，办一、二百桌满汉全席的手儿，去给他们蒸窝窝头？

明师傅 那有什么办法呢，现而今就是狱里人多呀！满汉全席？我连家伙都
卖喽！

〔方六拿着几张画儿进来。

明师傅 六爷，这儿！六爷，那两桌家伙怎样啦？我等钱用！
方 六 明师傅，您挑一张画儿吧！
明师傅 啊？我要画儿干吗呢？
方 六 这可画的不错！六大山人、董弱梅画的！
明师傅 画的天好，当不了饭吃啊！
方 六 他把画儿交给我的时候，直掉眼泪！
明师傅 我把家伙交给你的时候，也直掉眼泪！
方 六 谁掉眼泪，谁吃炖肉，我都知道！要不怎么我累心呢！你当是干我
们这一行，专凭打打小鼓就行哪？
明师傅 六爷，人总有颗人心哪，你还能坑老朋友吗？
方 六 一共不是才两桌家伙吗？小事儿，别再提啦，再提就好像不大懂交
情了！

〔车当当敲着两块洋钱，进来。

车当当 谁买两块？买两块吧？天师，照顾照顾？（小唐铁嘴不语）
王利发 当当！别处转转吧，我连现洋什么模样都忘了！
车当当 那，你老人家就细细看看吧！白看，不用买票！（往桌上扔钱）

〔庞四奶奶进来，带着春梅。庞四奶奶的手上戴满各种戒指，打扮
得像个女妖精。卖杂货的老杨跟进来。

小唐铁嘴　娘娘！

方　六
　　　　　娘娘！
车当当

庞四奶奶　天师！

小唐铁嘴　侍候娘娘！（让庞四奶奶坐，给她倒茶）

庞四奶奶　（看车当当要出去）当当，你等等！

车当当　嗻！

老　杨　（打开货箱）娘娘，看看吧！

庞四奶奶　唱唱那套词儿，还倒怪有个意思！

不伦不类的唱词，
交代了当时美军驻
扎北京城，美国货
充斥民间市场的事
实。

老　杨　是！美国针、美国线、美国牙膏、美国消炎片。还有口
　　　　红、雪花膏、玻璃袜子细毛线。箱子小，货物全，就是不
　　　　卖原子弹！

庞四奶奶　哈哈哈！（挑了两双袜子）春梅，拿着！当当，你跟老
　　　　　杨算账吧！

车当当　娘娘，别那么办哪！

庞四奶奶　我给你拿的本钱，利滚利，你欠我多少啦？天师，
　　　　　查账！

小唐铁嘴　是！（掏小本）

车当当　天师，你甭操心，我跟老杨算去！

老　杨　娘娘，您行好吧！他能给我钱吗？

庞四奶奶　老杨，他坑不了你，都有我呢！

老　杨　是！（向众）还有哪位照顾照顾？（又要唱）美国针……

庞四奶奶　听够了！走！

老　杨　是！美国针、美国线，我要不走是浑蛋！走，当当！（同
　　　　车当当下）

方　六　（过来）娘娘，我得到一堂景泰蓝的五供儿，东西老，地
　　　　道，也便宜，坛上用顶体面，您看看吧？

庞四奶奶 请皇上看看吧！

方 六 是！皇上不是快登基了吗？我先给您道喜！我马上取去，送到坛上！娘娘多给美言几句，我必有份人心！（往外走）

皇上、娘娘，另一群做着白日梦的人。

明师傅 六爷，我的事呢？！

方 六 你先给我看着那几张画！（下）

明师傅 你等等！坑我两桌家伙，我还有把切菜刀呢！（追下）

庞四奶奶 王掌柜，康妈妈在这儿哪？请她出来！

小唐铁嘴 我去！（跑到后门）康老太太，您来一下！

王利发 什么事？

小唐铁嘴 朝廷大事！

　　〔康顺子上。

康顺子 干什么呀？

庞四奶奶 （迎上去）婆母！我是您的四侄媳妇，来接您，快坐下吧！（拉康顺子坐下）

康顺子 四侄媳妇？

庞四奶奶 是呀，您离开庞家的时候，我还没过门哪。

康顺子 我跟庞家一刀两断啦，找我干吗？

庞四奶奶 您的四侄子海顺呀，是三皇道的大坛主，国民党的大党员，又是沈处长的把兄弟，快作皇上啦，您不喜欢吗？

在封建帝制被推翻的多年以后，仍有人做着不切实际的皇帝梦。

康顺子 快作皇上？

庞四奶奶 啊！龙袍都作好啦，就快在西山登基！

康顺子 在西山？

小唐铁嘴 老太太，西山一带有八路军。庞四爷在那一带登基，消灭八路，南京能够不愿意吗？

庞四奶奶 四爷呀都好，近来可是有点贪酒好色。他已经弄了好几个小老婆！

小唐铁嘴 娘娘，三宫六院七十二嫔妃，可有书可查呀！

庞四奶奶 你不是娘娘，怎么知道娘娘的委屈！老太太，我是这么想：您要是跟我一条心，我叫您作老太后，咱们俩一齐管着皇上，我这个娘娘不就好作一点了吗？老太太，您跟我去，吃好的喝好的，兜儿里老带着那么几块当当响的洋钱，够多么好啊！

康顺子 我要是不跟你去呢？

庞四奶奶 啊？不去？（要翻脸）

小唐铁嘴 让老太太想想，想想！

名师点评

暗示外面已是民国社会。

康顺子 用不着想，我不会再跟庞家的人打交道！四媳妇，你作你的娘娘，我作我的苦老婆子，谁也别管谁！刚才你要瞪眼睛，你当我怕你吗？我在外边也混了这么多年，磨练出来点了，谁跟我瞪眼，我会伸手打！（立起，往后走）

小唐铁嘴 老太太！老太太！

名师点评

一个小伙子还不如老太太有骨气。

康顺子 （立住，转身对小唐铁嘴）你呀，小伙子，挺起腰板来，去挣碗干净饭吃，不好吗？（下）

庞四奶奶 （移怒于王利发）王掌柜，过来！你去跟那个老婆子说说，说好了，我送给你一袋子白面！说不好，我砸了你的茶馆！天师，走！

小唐铁嘴 王掌柜，我晚上还来，听你的回话！

王利发 万一我下半天就死了呢？

名师点评

当时，社会上恶人演出的戏码比戏台上的戏还热闹！

庞四奶奶 呸！你还不该死吗？（与小唐铁嘴、春梅同下）

王利发 哼！

邹福远 师弟，你看这算哪一出？哈哈哈！

卫福喜　我会二百多出戏，就是不懂这一出！你知道那个娘儿们的出身吗？

邹福远　我还能不知道！东霸天的女儿，在娘家就生过……得，别细说，我看这群浑蛋都有点回光返照，长不了！

　　　[王大拴回来。

王利发　看着点，老大。我到后面商量点事！（下）

小二德子　（在外边大吼一声）闪开了！（进来）大拴哥，沏壶顶好的，我有钱！（掏出四块现洋，一块一块地放下）给算算，刚才花了一块，这儿还有四块，五毛打一个，我一共打了几个？

王大拴　十个。

小二德子　（用手指算）对！前天四个，昨天六个，可不是十个！大拴哥，你拿两块吧！没钱，我白喝你的茶；有钱，就给你！你拿吧！（吹一块，放在耳旁听听）这块好，就一块当两块吧，给你！

王大拴　（没接钱）小二德子，什么生意这么好啊？现大洋不容易看到啊！

小二德子　念书去了！

王大拴　把"一"字都念成扁担，你念什么书啊？

小二德子　（拿起桌上的壶来，对着壶嘴喝了一气，低声说）市党部派我去的，法政学院。没当过这么美的差事，太美，太过瘾！比在天桥好的多！打一个学生，五毛现洋！昨天揍了几个来着？

王大拴　六个。

小二德子　对！里边还有两个女学生！一拳一拳地下去，太美，太过瘾！大拴哥，你摸摸，摸摸！（伸臂）铁筋洋灰的！用这个揍男女学生，你想想，美不美？

王大拴　他们就那么老实，乖乖地叫你打？

小二德子　我专找老实的打呀！你当我是傻子哪？

王大拴　小二德子，听我说，打人不对！

小二德子　可也难说！你看教党义的那个教务长，上课先把手枪拍在桌上，我不过抢抢拳头，没动手枪啊！

王大拴　什么教务长啊，流氓！

小二德子　对！流氓！不对，那我也是流氓喽！大拴哥，你怎么绕着脖子骂我呢？大拴哥，你有骨头！不怕我这铁筋洋灰的胳臂！

王大拴　你就是把我打死，我不服你还是不服你，不是吗？

小二德子　喝，这么绕脖子的话，你怎么想出来的？大拴哥，你应当去教党义，你有文才！好啦，反正今天我不再打学生！

王大拴　干吗光是今天不打？永远不打才对！

小二德子　不是今天我另有差事吗？

王大拴　什么差事？

小二德子　今天打教员！

王大拴　干吗打教员？打学生就不对，还打教员？

小二德子　上边怎么交派，我怎么干！他们说，教员要罢课。罢课就是不老实，不老实就得揍！他们叫我上这儿等着，看见教员就揍！

邹福远　（嗅出危险）师弟，咱们走吧！

卫福喜　走！（同邹福远下）

小二德子　大拴哥，你拿着这块钱吧！

王大拴　打女学生的钱，我不要！

小二德子　（另拿一块）换换，这块是打男学生的，行了吧？（看

王大拴还是摇头）这么办，你替我看着点，我出去买点好吃的，请请你，活着还不为吃点喝点老三点吗？（收起现洋，下）

[康顺子提着小包出来。王利发与周秀花跟着。

康顺子　王掌柜，你要是改了主意，不让我走，我还可以不走！

王利发　我……

周秀花　庞四奶奶也未必敢砸茶馆！

王利发　你怎么知道？三皇道是好惹的？

表现了周秀花的善良。

康顺子　我顶不放心的还是大力的事！只要一走漏了消息，大家全完！那比砸茶馆更厉害！

表现了王掌柜的胆小。

王大拴　大婶，走！我送您去！爸爸，我送送她老人家，可以吧？

王利发　嗯——

周秀花　大婶在这儿受了多少年的苦，帮了咱们多少忙，还不应当送送？

王利发　我并没说不叫他送！送！送！

王大拴　大婶，等等，我拿件衣服去！（下）

周秀花　爸，您怎么啦？

王利发　别再问我什么，我心里乱！一辈子没这么乱过！媳妇，你先陪大婶走，我叫老大追你们！大婶，外边不行啊，就还回来！

周秀花　老太太，这儿永远是您的家！

王利发　可谁知道也许……

康顺子　我也不会忘了你们！老掌柜，你硬硬朗朗的吧！（同周秀花下）

王利发　（送了两步，立住）硬硬朗朗的干什么呢？

[谢勇仁和于厚斋进来。

谢勇仁　（看看墙上，先把茶钱放在桌上）老人家，沏一壶来。（坐）

王利发　（先收钱）好吧。

于厚斋　勇仁，这恐怕是咱们末一次坐茶馆了吧？

谢勇仁　以后我倒许常来。我决定改行，去蹬三轮儿！

于厚斋　蹬三轮一定比当小学教员强！

谢勇仁　我偏偏教体育，我饿，学生们饿，还要运动，不是笑话吗？

[王小花跑进来。

王利发　小花，怎这么早就下了学呢？

王小花　老师们罢课啦！（看见于厚斋、谢勇仁）于老师，谢老师！你们都没上学去，不教我们啦？还教我们吧！见不着老师，同学们都哭啦！我们开了个会，商量好，以后一定都守规矩，不招老师们生气！

于厚斋　小花！老师们也不愿意耽误了你们的功课。可是，吃不上饭，怎么教书呢？我们家里也有孩子，为教别人的孩子，叫自己的孩子挨饿，不是不公道吗？好孩子，别着急，喝完茶，我们开会去，也许能够想出点办法来！

谢勇仁　好好在家温书，别乱跑去，小花！

[王大拴由后面出来，夹着个小包。

王小花　爸，这是我的两位老师！

王大拴　老师们，快走！他们埋伏下了打手！

王利发　谁？

王大拴　小二德子！他刚出去，就回来！

王利发　二位先生，茶钱退回，（递钱）请吧！快！

王大拴　随我来！

　　　〔小二德子上。

小二德子　街上有游行的，他妈的什么也买不着！大拴哥，你上哪

　　　　儿？这俩是谁？

王大拴　喝茶的！（同于厚斋、谢勇仁往外走）

小二德子　站住！（三人还走）怎么？不听话？先揍了再说！

王利发　小二德子！

小二德子　（拳已出去）尝尝这个！

谢勇仁　（上面一个嘴巴，下面一脚）尝尝这个！

小二德子　哎哟！（倒下）

王小花　该！该！

谢勇仁　起来，再打！

小二德子　（起来，捂着脸）喝！喝！（往后退）喝！

王大拴　快走！（扯二人下）

小二德子　（迁怒）老掌柜，你等着吧，你放走了他们，待会儿我跟

　　　　你算账！打不了他们，还打不了你这个糟老头子吗？（下）

王小花　爷爷，爷爷！小二德子追老师们去了吧？那可怎么好！

王利发　他不敢！这路人我见多了，都是软的欺，硬的怕！

王小花　他要是回来打您呢？

王利发　我？爷爷会说好话呀。

王小花　爸爸干什么去了？

仗势欺人的小人嘴脸。

欺软怕硬的性格特点暴露无疑。

王利发　出去一会儿，你甭管！上后边温书去吧，乖！

王小花　老师们可别吃了亏呀，我真不放心！（下）

　　［丁宝跑进来。

丁　宝　老掌柜，老掌柜！告诉你点事！

王利发　说吧，姑娘！

名师点评

丁　宝　小刘麻子呀，没安着好心，他要霸占①这个茶馆！

王利发　怎么霸占？这个破茶馆还值得他们霸占？

小丁宝告诉了王掌柜茶馆将要被霸占，前后呼应，同时暗示了结局。

丁　宝　待会儿他们就来，我没工夫细说，你打个主意吧！

王利发　姑娘，我谢谢你！

丁　宝　我好心好意来告诉你，你可不能卖了我呀！

王利发　姑娘，我还没老胡涂了！放心吧！

丁　宝　好！待会儿见！（下）

　　［周秀花回来。

周秀花　爸，他们走啦。

王利发　好！

周秀花　小花的爸说，叫您放心，他送到了地方就回来。

王利发　回来不回来都随他的便吧！

周秀花　爸，您怎么啦？干吗这么不高兴？

王利发　没事！没事！看小花去吧。她不是想吃热汤面吗？要是还

　　　　有点面的话，给她作一碗吧，孩子怪可怜的，什么也吃

　　　　不着！

· ·

名师注解

① 霸占：指仗势占为己有。

周秀花 一点白面也没有！我看看去，给她作点杂合面疙疸汤吧！
（下）

>
> 再次表明生活的贫苦。

[小唐铁嘴回来。

小唐铁嘴 王掌柜，说好了吗？

王利发 晚上，晚上一定给你回话！

小唐铁嘴 王掌柜，你说我爸爸白喝了一辈子的茶，我送你几句救命的话，算是替他还账吧。告诉你，三皇道现在比日本人在这儿的时候更厉害，砸你的茶馆比砸个砂锅还容易！你别太大意了！

>
>
> 奸人与官员勾结，对老百姓肆意欺凌，比日本人占领北京时更甚。

王利发 我知道！你既买我的好，又好去对娘娘表表功！是吧？

[小宋恩子和小吴祥子进来，都穿着新洋服。

小唐铁嘴 二位，今天可够忙的？

小宋恩子 忙得厉害！教员们大暴动！

王利发 二位，"罢课"改了名儿，叫"暴动"啦？

小唐铁嘴 怎么啦？

小吴祥子 他们还能反到天上去吗？到现在为止，已经抓了一百多，打了七十几个，叫他们反吧！

小宋恩子 太不知好歹！他们老老实实的，美国会送来大米、白面嘛！

小唐铁嘴 就是！二位，有大米、白面，可别忘了我！以后，给大家的坟地看风水，我一定尽义务！好！二位忙吧！（下）

小吴祥子 你刚才问，"罢课"改叫"暴动"啦？王掌柜！

王利发 岁数大了，不懂新事，问问！

小宋恩子　哼！你就跟他们是一路货！

王利发　我？您太高抬我啦！

小吴祥子　我们忙，没工夫跟你废话，说干脆的吧！

王利发　什么干脆的？

小宋恩子　教员们暴动，必有主使的人！

名师点评

指有人刻意组织教员罢课，暗指共产党。

王利发　谁？

小吴祥子　昨天晚上谁上这儿来啦？

王利发　康大力！

小宋恩子　就是他！你把他交出来吧！

王利发　我要是知道他是哪路人，还能够随便说出来吗？我跟你们的爸爸打交道多少年，还不懂这点道理？

小吴祥子　甭跟我们拍老腔，说真的吧！

名师点评

这其实就是明着要钱！

王利发　交人，还是拿钱，对吧？

小宋恩子　你真是我爸爸教出来的！对啦，要是不交人，就把你的金条拿出来！别的铺子都随开随倒，你可混了这么多年，必定有点底！

　　　　　[小二德子匆匆跑来。

小二德子　快走！街上的人不够用啦！快走！

小吴祥子　你小子管干吗的？

小二德子　我没闲着，看，脸都肿啦！

小宋恩子　掌柜的，我们马上回来，你打主意吧！

王利发　不怕我跑了吗？

名师点评

王利发已经到了无路可走的地步。

小吴祥子　老梆子，你真逗气儿！你跑到阴间去，我们也会把你抓回来！（打了王利发一掌，同小宋恩子、小二德子下）

王利发　（向后叫）小花！小花的妈！

周秀花　（同王小花跑出来）我都听见了！怎么办？

王利发　快走！追上康妈妈！快！

王小花　我拿书包去！（下）

周秀花　拿上两件衣裳，小花！爸，剩您一个人怎么办？

王利发　这是我的茶馆，我活在这儿，死在这儿！

　　　［王小花挎着书包，夹着点东西跑回来。

周秀花　爸爸！

王小花　爷爷！

王利发　都别难过，走！（从怀中掏出所有的钱和一张旧像片）媳妇，拿着这点钱！小花，拿着这个，老裕泰三十年前的像片，交给你爸爸！走吧！

名师点评

裕泰茶馆是王掌柜最大的念想。

　　　［小刘麻子同丁宝回来。

小刘麻子　小花，教员罢课，你住姥姥家去呀？

王小花　对啦！

王利发　（假意地）媳妇，早点回来！

周秀花　爸，我们住两天就回来！（同王小花下）

小刘麻子　王掌柜，好消息！沈处长批准了我的计划！

王利发　大喜，大喜！

小刘麻子　您也大喜，处长也批准修理这个茶馆！我一说，处长说好！他呀老把"好"说成"蒿"，特别有个洋味儿！

王利发　都是怎么一回事？

小刘麻子　从此你算省心了！这儿全属我管啦，你搬出去！我先跟你说好了，省得以后你麻烦我！

名师点评

呼应小丁宝告诉王掌柜的话。

王利发　那不能！凑巧，我正想搬家呢。

丁　宝　小刘，老掌柜在这儿多少年啦，你就不照顾他一点吗？

小刘麻子　看吧！我办事永远厚道！王掌柜，我接处长去，叫他看看这个地方。你把这儿好好收拾一下！小丁宝，你把小心眼找来，迎接处长！带点香水，好好喷一气，这里臭哄哄的！走！（同丁宝下）

王利发　好！真好！太好！哈哈哈！

　　[常四爷提着小筐进来，筐里有些纸钱和花生米。他虽年过七十，可是腰板还不太弯。

常四爷　什么事这么好哇，老朋友！

王利发　哎哟！常四哥！我正想找你这么一个人说说话儿呢！我沏一壶顶好的茶来，咱们喝喝！（去沏茶）

名师点评

三个结交了几十年的老朋友最后一次坐在茶馆中聊天，暗示茶馆的最终命运。

　　[秦仲义进来。他老的不像样子了，衣服也破旧不堪。

秦仲义　王掌柜在吗？

常四爷　在！您是……

秦仲义　我姓秦。

常四爷　秦二爷！

王利发　（端茶来）谁？秦二爷？正想去告诉您一声，这儿要大改良！坐！坐！

常四爷　我这儿有点花生米，（抓）喝茶吃花生米，这可真是个乐子！

秦仲义　可是谁嚼得动呢？

王利发　看多么邪门，好容易有了花生米，可全嚼不动！多么可笑！

怎样啊？秦二爷！（都坐下）

秦仲义 别人都不理我啦，我来跟你说说：我到天津去了一趟，看看我的工厂！

王利发 不是没收了吗？又物归原主啦？这可是喜事！

秦仲义 拆了！

常四爷
王利发 拆了？

秦仲义 拆了！我四十年的心血啊，拆了！别人不知道，王掌柜你知道：我从二十多岁起，就主张实业救国。到而今……抢去我的工厂，好，我的势力小，干不过他们！可倒好好地办哪，那是富国裕民①的事业呀！结果，拆了，机器都当碎铜烂铁卖了！全世界，全世界找得到这样的政府找不到？我问你！

国民党政府腐败的又一个罪证！

王利发 当初，我开的好好的公寓，您非盖仓库不可。看，仓库查封，货物全叫他们偷光！当初，我劝您别把财产都出手，您非都卖了开工厂不可！

常四爷 还记得吧？当初，我给那个卖小妞的小媳妇一碗面吃，您还说风凉话呢。

秦仲义 现在我明白了！王掌柜，求你一件事吧：（掏出一二机器小零件和一枝钢笔管来）工厂拆平了，这是我由那儿捡来的小东西。这枝笔上刻着我的名字呢，它知道，我用它签过多少张支票，写过多少计划书。我把它们交给你，没事的时候，你可以跟喝茶的人们当个笑话谈谈，你说呀：当初有那么一个不知好歹的秦某人，爱办实业。办了几十年，临完他只由工厂的土堆里捡回来这么点小东西！你应当劝

一个爱国的实业家，最终落得如此田地，在当时的社会中好人艰难谋生，坏人却嚣张过活。

名师注解

① 富国裕民：使国家和人民富裕。

告大家，有钱哪，就该吃喝嫖赌，胡作非为，可千万别干好事！告诉他们哪，秦某人七十多岁了才明白这点大道理！他是天生来的笨蛋！

王利发 您自己拿着这枝笔吧，我马上就搬家啦！

常四爷 搬到哪儿去？

王利发 哪儿不一样呢！秦二爷，常四爷，我跟你们不一样：二爷财大业大心胸大，树大可就招风啊！四爷你，一辈子不服软，敢作敢当，专打抱不平。我呢，作了一辈子顺民，见谁都请安、鞠躬、作揖。我只盼着呀，孩子们有出息，冻不着，饿不着，没灾没病！可是，日本人在这儿，二拴子逃跑啦，老婆想儿子想死啦！好容易，日本人走啦，该缓一口气了吧？谁知道，（惨笑）哈哈，哈哈，哈哈！

常四爷 我也不比你强啊！自食其力①，凭良心干了一辈子啊，我一事无成！七十多了，只落得卖花生米！个人算什么呢，我盼哪，盼哪，只盼国家像个样儿，不受外国人欺侮②。可是……哈哈！

秦仲义 日本人在这儿，说什么合作，把我的工厂就合作过去了。咱们的政府回来了，工厂也不怎么又变成了逆产。仓库里（指后边）有多少货呀，全完！哈哈！

王利发 改良，我老没忘了改良，总不肯落在人家后头。卖茶不行啊，开公寓。公寓没啦，添评书！评书也不叫座儿呀，好，不怕丢人，想添女招待！人总得活着吧？我变尽了方法，不过是为活下去！是呀，该贿赂的，我就递包袱。我可没

王掌柜的遭遇反映了那个年代普通百姓的不幸。

国家积贫积弱，是百姓生活困窘的最根本原因。

名师注解

① 自食其力：依靠自己的能力来维持生活。

② 欺侮：用蛮横无理的手段侵犯、压迫或侮辱。

做过缺德的事，伤天害理的事，为什么就不叫我活着呢？我得罪了谁？谁？皇上，娘娘那些狗男女都活得有滋有味的，单不许我吃窝窝头，谁出的主意？

常四爷 盼哪，盼哪，只盼谁都讲理，谁也不欺侮谁！可是，眼看着老朋友们一个个的不是饿死，就是叫人家杀了，我呀就是有眼泪也流不出来喽！松二爷，我的朋友，饿死啦，连棺材还是我给他化缘①化来的！他还有我这么个朋友，给他化了一口四块板的棺材；我自己呢？我爱咱们的国呀，可是谁爱我呢？看，（从筐中拿出些纸钱）遇见出殡②的，我就捡几张纸钱。没有寿衣，没有棺材，我只好给自己预备下点纸钱吧，哈哈，哈哈！

秦仲义 四爷，让咱们祭奠③祭奠自己，把纸钱撒起来，算咱们三个老头子的吧！

王利发 对！四爷，照老年间出殡的规矩，喊喊！

常四爷 （立起，喊）四角儿的跟夫，本家赏钱一百二十吊！（撒起几张纸钱）

**秦仲义
王利发** 一百二十吊！

秦仲义 （一手拉住一个）我没的说了，再见吧！（下）

王利发 再见！

常四爷 再喝你一碗！（一饮而尽）再见！（下）

王利发 再见！

名师
点评

祭奠的不是自己，而是早该死去的那个社会。

名师注解

① 化缘：佛教术语，指以募化乞食广结善缘。可简单理解为僧尼或道士向人求布施。

② 出殡：把灵柩运到埋葬或寄放的地点。

③ 祭奠：对逝者的一种悼念仪式。

　　［丁宝与小心眼进来。

丁　宝　　他们来啦，老大爷！（往屋中喷香水）

王利发　　好，他们来，我躲开！（捡起纸钱，往后边走）

小心眼　　老大爷，干吗撒纸钱呢？

王利发　　谁知道！（下）

　　　　［小刘麻子进来。

小刘麻子　来啦！一边一个站好！

　　　　［丁宝、小心眼分左右在门内立好。

　　　　［门外有汽车停住声，先进来两个宪兵。沈处长进来，穿军便服；

　　　　高靴，带马刺；手执小鞭。后面跟着二宪兵。

沈处长　　（检阅似的，看丁宝、小心眼，看完一个说一声）好（蒿）！

　　　　［丁宝摆上一把椅子，请沈处长坐。

小刘麻子　报告处长，老裕泰开了六十多年，九城闻名，地点也好，借着这

　　　　　个老字号，作我们的一个据点，一定成功！我打算照旧卖茶，派

　　　　　（指）小丁宝和小心眼作招待。有我在这儿监视着三教九流，各色

　　　　　人等，一定能够得到大量的情报，捉拿共产党！

沈处长　　好（蒿）！

　　　　［丁宝由宪兵手里接过骆驼牌烟，上前献烟；小心眼接过打火机，

　　　　点烟。

小刘麻子 后面原来是仓库，货物已由处长都处理了，现在空着。我打算修理一下，中间作小舞厅，两旁布置几间卧室，都带卫生设备。处长清闲的时候，可以来跳跳舞，玩玩牌，喝喝咖啡。天晚了，高兴住下，您就住下。这就算是处长个人的小俱乐部，由我管理，一定要比公馆里更洒脱一点，方便一点，热闹一点！

沈处长 好（蒿）！

丁 宝 处长，我可以请示一下吗？

沈处长 好（蒿）！

丁 宝 这儿的老掌柜怪可怜的。好不好给他作一身制服，叫他看看门，招呼贵宾们上下汽车？他在这儿几十年了，谁都认识他，简直可以算是老头儿商标！

沈处长 好（蒿）！传！

小刘麻子 是！（往后跑）王掌柜！老掌柜！我爸爸的老朋友，老大爷！（入。过一会儿又跑回来）报告处长，他也不是怎么上了吊，吊死啦！

沈处长 好（蒿）！好（蒿）！

[幕落·全剧终]

精华赏析

　　重点阅读剧中最后王掌柜、常四爷、秦二爷的对话，秦二爷财大业大，想实业救国；常四爷敢作敢当，专打抱不平；王掌柜则是只求一生的平安，但是最终三人均未逃脱当时社会环境的迫害。

延伸思考

　　抗战胜利了，为何北京城百姓的生活却越发不如从前了？王掌柜为何最后要撒纸钱呢？

附　录

　　此剧幕与幕之间须留较长时间，以便人物换装，故拟由一人（也算剧中人）唱几句快板，使休息时间不显着过长，同时也可以略略介绍剧情。

第一幕　幕前

（我）大傻杨，打竹板儿，一来来到大茶馆儿。

大茶馆，老裕泰，生意兴隆真不赖。

茶座多，真热闹，也有老来也有少；

有的说，有的唱，穿章打扮一人一个样；

有提笼，有架鸟，蛐蛐蝈蝈也都养的好；

有的吃，有的喝，没有钱的只好白瞧着。

爱下棋，（您）来两盘儿，赌一卖（碟）干炸丸子外洒胡椒盐儿。

讲排场，讲规矩，咳嗽一声都像唱大戏。

有一样，听我说：莫谈国事您得老记着。

哼！国家事（可）不好了，黄龙旗子一天倒比一天威风小。

文武官，有一宝，见着洋人赶快跑。

外国货，堆成山，外带贩卖鸦片烟。

最苦是，乡村里，没吃没穿逼得卖儿女。

官儿阔，百姓穷，朝中出了一个谭嗣同，

讲维新，主意高，还有那康有为和梁启超。

这件事，闹得凶，气得太后咬牙切齿直哼哼。

她要杀，她要砍，讲维新的都是要造反。

这些事，别多说，说着说着就许掉脑壳。

　　　　〔幕徐启。大傻杨入茶馆。

打竹板，迈大步，走进茶馆找主顾。

哪位爷，愿意听，《辕门斩子》来了穆桂英。

　　　　〔王利发来干涉。

王掌柜，大发财，金银元宝一齐来。

您有钱，我有嘴，数来宝的是穷鬼。（下）

第二幕　幕前

打竹板，我又来，数来宝的还是没发财。

现而今，到民国，剪了小辫还是没有辙。

王掌柜，动脑筋，事事改良讲维新。

（低声）动脑筋，白费力，胳臂拧不过大腿去。

闹军阀，乱打仗，白脸的进去黑脸的上，

赵打钱，孙打李，赵钱孙李乱打一炮谁都不讲理。

为打仗，要枪炮，一堆一堆给洋人老爷送钞票。

为卖炮，为卖枪，帮助军阀你占黄河他占扬子江。

老百姓，遭了殃，大兵一到粮食牲口一扫光。

王掌柜，会改良，茶馆好像大学堂，

后边住，大学生，说话文明真好听。

就怕呀，兵野蛮，进来几个茶馆就玩完。

先别说，丧气话，给他道喜是个好办法。

他开张，我道喜，编点新词我也了不起。（下）

（又上）老裕泰，大改良，万事亨通一天准比一天强。

〔王利发　今天不打发，明天才开张哪。

明天好，明天妙，金银财宝齐来到。

　　〔炮响。

您开张，他开炮，明天准唱《蚍蜉庙》。

　　〔王利发　去你的吧！

　　〔傻杨下。

第三幕　幕前

树木老，叶儿稀，人老毛腰把头低。

甭说我，混不了，王掌柜的也过不好。

（他）钱也光，人也老，身上剩了一件破棉袄。

自从那，日本兵，八年占据老北京。

人人苦，没法提，不死也掉一层皮。

好八路，得人心，一阵一阵杀退日本军。

盼星星，盼月亮，盼到胜利大家有希望。

（哼）国民党，进北京，横行霸道一点不让日本兵。

王掌柜，委屈多，跟我一样半死半活着。

老茶馆，破又烂，想尽法子也没法办。

天可怜，地可怜，就是官老爷有洋钱。（下）

　　〔王掌柜死后，傻杨再上，见小丁宝正在落泪。

小姑娘，别这样，黑到头儿天会亮。

小姑娘，别发愁，西山的泉水向东流。

苦水去，甜水来，谁也不再作奴才。

名家心得

《茶馆》是中国话剧史上的瑰宝；第一幕是古今中外剧作中罕见的第一幕。

——曹禺

《茶馆》是一个有浪漫主义色彩的伟大的现实主义作品。

——张庚

读者感悟

不似戏剧，更似真实

张 杏

《茶馆》不像是一部戏剧作品，它是一幕当时社会状况下人物的群像与经历，是社会的缩影，是真实的写照。

《茶馆》采用三幕剧的形式，选择了三个时间点，概括了裕泰茶馆掌柜王利发在逆境中挣扎的一生及其悲剧的结局。王掌柜是当时社会最具典型性的人物，他兢兢业业经营着茶馆，目的就是要在这乱世中寻求一份平安——一份家人的平安，但是现实的残酷提醒着他，他所追求的梦终究成为泡影，茶馆被霸占，自己也绝望而终。《茶馆》选取的三个时期正是王掌柜一生中极具代表性的三个时期：青年、中年和老年。

青年时期的王掌柜刚刚接手裕泰茶馆。他精明能干，左右逢源，茶馆中的各个阶层，三教九流，他均能应对得体，即使处于戊戌变法失败后的清末，朝廷的形势也未对茶馆的经营有多大的影响。京城的各色人等，上至旗人贵族，下至贩夫走卒，都会到茶馆饮上一杯茶，聊聊市井有趣之事。在王掌柜自己的小日子过得风生水起的时候，社会的衰亡正在悄无声息地逼近。

中年时期的王掌柜已经营裕泰茶馆十几年。此时清政府已经被推翻，北京城正处于北洋政府的统治之下，城内的各大茶馆均已倒闭，王掌柜改良茶馆，将其变成学生公寓，并适应当时的新潮流，在前厅摆放上了留声机，这样使得裕泰茶馆得以生存下来。但是逃难的百姓却堵在茶馆门前，大兵会抢夺百姓的钱财。然而这些并没有影响王掌柜经营茶馆的热情。

老年时期的王掌柜，经营了茶馆一辈子。从青年时期的满怀激情到老年时期的生存无望，王掌柜最基本的愿望破灭了。他想发展父亲的茶馆，使之存在下去，然而这样的小小愿望，在当时的国民党政府的统治下却难以实现。经济萧条，物价疯涨，连小孙女要吃一碗面都成了奢望。最终使他绝望的是一生的信仰——茶馆要被流氓强占，茶馆不仅无法存在下去，还在他手中被剥夺。王掌柜的生存信念被摧毁，在绝望中他自缢于茶馆。

王掌柜的一生是一个无奈的悲剧，他乞求平安，却无法实现。王掌柜虽为剧中人物，但他是当时社会老百姓的典型代表。《茶馆》虽为戏剧，但更似一幅清末到解放战争前夕的社会画卷，一个连百姓最基本的生存权都无法保障的社会，覆灭是它必然的归宿。

真题演练

一、选择题

1. 话剧《茶馆》的作者是（　　　）。

A. 老舍 　　　　　　　　　　　　　B. 茅盾

C. 郭沫若 　　　　　　　　　　　　D. 鲁迅

2. 裕泰茶馆的掌柜是（　　　）。

A. 王利发 　　　　　　　　　　　　B. 常四爷

C. 松二爷 　　　　　　　　　　　　D. 秦二爷

3. 话剧《茶馆》选取的三个场景所处年代分别为（　　　）。

A. 清末戊戌变法失败后 　　　　　　B. 民国初年军阀割据时期

C. 抗日战争结束后，解放战争爆发前　D. 中华人民共和国成立后

4. 话剧《茶馆》的结局是（　　　）。

A. 王掌柜雇小丁宝为女招待，从此生意兴隆。

B. 王掌柜与常四爷、秦二爷聊天，决定三人一同经营茶馆，茶馆从此改变窘况。

C. 王掌柜的茶馆被沈处长霸占，从此王掌柜在茶馆门前看门。

D. 王掌柜的茶馆被沈处长强占，王掌柜在绝望中自缢于茶馆中。

二、简答题

1. 概括《茶馆》的主要内容。

2. 总结《茶馆》的文学特色。

参考答案

、选择题

1. A 2. A 3. ABC 4. D

二、简答题

1. 主要内容：

清王朝即将灭亡，北京城里的裕泰茶馆却依然一派"繁荣"景象，年轻精明的掌柜王利发为使茶馆生意红火，能得到各方照顾而左右逢源。民国初年，连年不断的内战使百姓深受其害，北京城的大茶馆都关了门，唯有王掌柜善于经营，把茶馆后院辟成租给大学生的公寓，正厅里摆上了留声机。过了三十年，已是风烛残年的王掌柜，仍在拼命支撑着茶馆，虽然日本投降了，国民党统治集团又发动了全面内战。爱国人士惨遭镇压，流氓特务要霸占王利发苦心经营了一辈子的茶馆，他终于绝望了。最后王利发在茶馆自缢。

2. 文学特色：

老舍选择从"侧面"，从"小人物"的生活变迁入手，把对他们的表现范围限制在茶馆这个"小社会"中。这些人物涉及"三教九流"：茶馆的掌柜、伙计，说媒拉纤的社会渣滓，受宠的太监，走实业救国道路的资本家，说书艺人，老式新式的特务、打手，相面先生，逃兵，善良的劳动者……剧中人物的悲凉情绪和他们关于自身命运的困惑与绝望，表现了个体在历史变革中的挣扎与无奈。

"爱阅读"文库

首批推出

1.《红楼梦》	22.《在人间》
2.《三国演义》	23.《钢铁是怎样炼成的》
3.《水浒传》	24.《爱的教育》
4.《西游记》	25.《海底两万里》
5.《朝花夕拾·呐喊》	26.《简·爱》
6.《鲁迅杂文集》	27.《茶花女》
7.《朱自清散文》	28.《木偶奇遇记》
8.《论语通译》	29.《红与黑》
9.《孟子选注》	30.《假如给我三天光明》
10.《庄子选注》	31.《小王子》
11.《女神》	32.《八十天环游地球》
12.《茶馆》	33.《格列佛游记》
13.《骆驼祥子》	34.《昆虫记》
14.《呼兰河传》	35.《汤姆叔叔的小屋》
15.《小学生古诗文阅读》	36.《呼啸山庄》
16.《初中生古诗文阅读》	37.《少年维特之烦恼》
17.《高中生古诗文阅读》	38.《名人传》
18.《羊脂球》	39.《鲁滨孙漂流记》
19.《巴黎圣母院》	40.《莫泊桑短篇小说选》
20.《童年》	41.《傲慢与偏见》
21.《我的大学》	42.《爱丽丝漫游奇境记》

读者反馈卡

　　"爱阅读"文库作为课外阅读的必选藏书，内容广泛，知识实用，针对性强，对全面提高中小学生的语文素质，大力推进新型的学习方式具有重要作用。我们相信本套书一定能够成为中小学生的良师益友，同时我们也热忱地期盼您的反馈意见，快快写信、打电话、发邮件给我们吧！

您的信息

姓名：_____　　性别：_____　　年龄：_____

学校：_____　　班级：_____　　电话：_____

通信地址：_____

购书时间：_____

您的评价

本书的优点：_____

本书的缺点：_____

阅读本书的收获：_____

_____

您在本书中发现的错误：_____

_____

您对本书的改进建议：_____

_____

我们的联系方式

邮箱：shuxiangwenya@126.com

防伪查询说明

用户购书后刮开封底防伪涂层，利用手机微信等软件扫描二维码，会跳转至防伪查询网页，获得所购图书详细信息。用户也可将防伪二维码下的20位密码按从左到右、从上到下的顺序发送短信至106695881280，免费查询所购图书真伪。

反盗版短信举报

编辑短信"JB，图书名称，出版社，购买地点"发送至10669588128

防伪客服电话

（010）58582300